小学館文庫

TEN 下

榆 周平

小学館

TEN 下　目次

TEN 上　目次

TEN

下

『TEN』下　主な登場人物

小柴俊太……………ドヤ街育ち、綽名は「テン」。ムーンヒルホテル子会社社長
麻生寛司……………俊太の幼馴染。ムーンヒルホテル海外事業担当役員
月岡光隆……………ムーンヒルホテルグループ総帥。剛腕の二代目社長
浜島英輔……………ムーンヒル・ウエディングパレス営業部長。俊太の部下
ラルフ・ラッセル……………ハミルトンホテル経営戦略担当副社長
デビッド・ハミルトン……………ハミルトンホテル会長
ロバート・ハミルトン……………ハミルトンホテル社長
小里慎也……………毎朝新聞経済部記者
大坪克正……………帝都銀行頭取
北畑智成……………元帝都銀行専務。ムーンヒルホテルに転出
中江宗俊……………スミダ興産社長。月岡の刎頸の友
蘆沢啓太郎……………月岡の異母弟
麻生真澄……………寛司の妻。元ムーンヒルホテル社長秘書
小柴文枝……………俊太の妻

澱《TEN》の章

【澱】

澱む。物事の進行が滞る。

1

ムーンヒルホテルが、プロ野球球団を買収することが報じられたのは、それから半年後のことである。

ホテル業界がプロ球団を持つのははじめてのことであるのに加えて、買収したのがいまや日本最大のホテルチェーンの座を揺るぎないものにしたムーンヒルホテルだ。マスコミは大々的にこのニュースを報じ、特にスポーツ紙の紙面には、シーズンが終わった直後だというのに、ムーンヒルホテルの名前が上がらぬ日はない。

月岡《つきおか》の秘書から、明日の午後、本社に来るようにと電話があったのは、そんな最中《さなか》のことだ。

秋が深まった東京は、色づいた木々に覆われ、ムーンヒルホテルに続く道の両側に並ぶ銀杏《いちょう》並木は黄色の塔と化し、晴天の秋空によく映える。ホテルに入ると、ロビー越しに見える庭園は、満天星《どうだんつつじ》やモミジの赤、芝生の緑、そして銀杏の黄色とまさに錦絵そのものの華やかさだ。

電話で用件は告げられなかったが、悪い話でないことは明らかだ。

球場建設の件については、誰が担当しているのか、どこまでプラン通りに進んでいるのか、月岡からは何も聞かされてはいない。ただ、球団買収を報じる紙面で、新球場建設の件も大きく扱われたし、シーズンチケットの販売と、広告のスポンサー探しに広告代理店が動いていることは、木暮《こぐれ》から聞かされていた。それも、月岡自ら広告代理店の上層部に依頼をしてきたというから、全てはプラン通りに進んでいるのだ、と俊太《しゅんた》は考えていた。

さて、そうなると、今日の呼び出しの目的はなんであるのか。

思い当たる節はない。まさか、また新しい課題でも突きつけられるのだろうか。

月岡の性格からすれば、それもあり得る話ではある。

ひとつ、ハードルをクリアすれば、また一段高いハードルを突きつけてくる。

月岡はそんな男だ。

エレベーターを使って、地下に向かう。役員室に通じる扉を開くと、いち早く俊太を見つけた社長秘書が、

「小柴《こしば》さん、今日はこちらに――」

と別の部屋に案内する。

秘書はノックすると、返事を聞くまでもなく扉を開いた。

俊太は仰天した。

役員会議室である。

居並ぶ会社の重鎮たちが、一斉に俊太に目を向けてくる。

その場で固まった俊太に向かって、

「小柴、入れ」

月岡が声をかけてきた。

両側に役員がずらりと並ぶ中、部屋の一番奥の席にひとり座るその様は、御前会議そのものだ。

何事や。何が始まるんや――。

かつて覚えたこともない緊張感に襲われ、動きがぎこちなくなる。

俊太はそれでも歩を進め、部屋の中に入った。

背後で扉が閉まる気配を感じたその時、

「さて、そこでだ。みんなに伝えたいことがある」

月岡が口を開いた。「実は、球場建設という難題が解決できたのは、この小柴のおかげでな」

再び、一同の視線が俊太に向く。

皆一様に目を見開き、次に目を見合わせる。

俊太は急に気恥ずかしくなって、思わず俯《うつむ》いた。

「俺を含めて、誰も解決できなかった難題を、小柴は見事に解決してみせたんだ」

褒め言葉を聞くのはもちろん嬉《うれ》しい。しかし、何もこんな場で……と、俊太は身の置き場に困って体を小さくするばかりだ。

「改めていうまでもないが、小柴は中卒だ。縁あって俺の運転手になり、そこから子会社を任されるまで這《は》い上がってきた男だ」

月岡は続ける。「小柴がいまの地位にあるのは、もちろん会社に大きな貢献をもたらしたからだ。夏枯れを解消してみせ、ウエディング事業を会社の大きな柱に成長させ、今度は会社のカネを一銭も使うことなく、球場建設に目処《めど》をつけた。ここにいる君たちもまた、優れた実績を挙げてきた者ばかりだ。しかしだ。それも、与えられた仕事の中での話だ。小柴の実績は、本来の職務とは別、創意、工夫、いかにして会社が抱えている問題を解決するか、業績を向上させるか、知恵を絞った結果だ。この中で、小柴に優《まさ》る貢献を、会社にもたらした人間がどこにいる」

月岡の厳しい言葉に役員が押し黙り、重苦しいばかりの沈黙が会議室を満たす。

暫《しば》しの間の後、さらに月岡は続ける。

「大学まで行って勉強し、知識を身につけたのはなんのためだ。なぜ、ムーンヒルホテルに入社してきたんだ。うちに入れば、定年を迎えるその日まで安定した暮らしが送れると思ったか？　餅は餅屋。ホテル業にだけ専念していれば間違いは起きないとでも思ったか？　ホテルが持つ機能を応用すれば、こんなビジネスをものにできる。そこに知恵を絞った人間が、いったいこの中に何人いるんだ？」

俊太はそっと視線を上げて、役員の様子を窺《うかが》った。

もはやこちらに目を向ける者はいない。

皆一様に背筋を伸ばして正面を向き、身を硬直させるばかりだ。

その中に寛司《かんじ》の姿がある。

寛司は、紛れもなく知恵を絞った人間だ。月岡が「この中に何人いる？」といったのは、彼の功績を認めているからに他ならない。ならば、誇らしげな表情を浮かべても良さそうなものだが、寛司の顔にそんな気配は微塵《みじん》も見えない。

他の役員たちとは違って、緊張感こそ覚えていないようだが、一切の感情を消し去り、やはりじっと正面を向いたまま、ちらりともこちらを見ようとはしない。それどころか、月岡の言をどこか面白くなさそうに聞いているように感じるのは気のせいだろうか。

「はっきりといっておく」

静寂を破ったのは、またしても月岡だった。

「ムーンヒルホテルは信賞必罰。功を挙げた者には厚く報いる。学歴も職歴も関係ない。会社のためになる人間を重んじる。俺は、社長就任以来それを徹底させてきたわけだが、グループが成長するにつれ、会社の将来への危機感、事業拡大に向けての貪欲さが欠けてきているように思えてならない」

月岡の舌鋒《ぜっぽう》は鋭さを増すばかりだ。

「考えてもみろ。大金使ってプロ球団を買収したのは、ムーンヒルホテルの企業イメージを高めるためだけじゃないんだぞ。名前を知らしめるためだけでもない。真の狙いはこれをどうグループの成長に結びつけるか。つまり、事業拡大の武器にしようと考えたからだ」

まさか、この場でその事業拡大の案を考えいうつもりやないやろな。そないなことになったら、一難去ってまた一難や——。

いや、月岡の性格からすれば、あり得る話だ。

思いがそこに至った瞬間、体がますます硬くなり、胃にじわりと鈍い痛みが湧いてくるのを俊太は覚えた。

「危機意識を持たん人間はいらん。事業拡大に貪欲になれない人間は去れ……といいたいところだが、うちは客商売だ。あまり厳しいことをやって悪い評判が立とうものなら元も子もない。となればだ。結果を出せば報われる。学歴や年齢は関係ない。会社に貢献した人間が、誰よりも早く昇進できる。若くして役員になるのも夢じゃない。信賞に重きを置くことを明確にすれば、社員の意識も変わるだろうし、新入社員にしたって野心に溢《あふ》れた人材が集まるようになると俺は考えた」

月岡は、断固とした口調で宣言すると、「そこで、小柴!」

突然、俊太の名を呼んだ。

き、きた——。

「は、はい!」

弾《はじ》かれるように背筋を伸ばし、直立不動の姿勢を取った俊太に向かって、

「お前を本社の取締役に任命する」

月岡はいった。

「はあ?」

俊太は耳を疑った。

いま、なんちゅうた……。わしが本社の取締役やて?

想像だにしなかった言葉に、呆然《ぼうぜん》とするばかりだ。

「経営企画担当の役員だ」

月岡は、満足そうに目を細める。

部屋の中にどよめきが起きた。再び役員たちの視線が俊太に集中する。

しかし、彼らの顔に宿っているのは、月岡が下した沙汰への肯定ではない。異議を唱えこそしないものの、ある者は愕然《がくぜん》とし、ある者は眉を顰《ひそ》め、到底受け入れられな

いという心の中が如実に現れている。

　無理もない。

　経営企画は、その名が示す通り、ムーンヒルホテルグループの事業戦略を立案する会社の中枢部署で、これまでは月岡の直轄であったのだ。もっとも、これまでムーンヒルホテルが手がけた新規事業は、月岡と寛司、そして俊太の発案によるものが大半で、それをいかに実現するか、あるいはサポートするか、つまり月岡の指示の下で動く組織であったのだが、社長に最も近いところにある花形部署と目されていたのは間違いない。

　それが子会社の、しかも中卒、途中入社の俊太に攫《さら》われたのだから、面白かろうはずがない。

　そこに気がついた時、俊太の中に古い記憶が蘇《よみがえ》った。

　かつて、月岡の専用車の運転手だった自分が、経理課に採用されたあの時、池端《いけはた》や滑川《なめかわ》、そして周囲の同僚たちが同じような目で見ていたことを思い出すと、ひとつの言葉が俊太の脳裏に浮かんだ。

〈異物〉

　彼らからすれば、学歴といい、キャリアといい、まさに自分は異物そのものだ。月岡の命に異議は唱えられないものの、決してこいつを仲間とは認めることはできないと思っているのだ。

あんな環境に耐えられたのは、誰も自分になど期待してはいない。仕事だって未収入金の回収業務。とどのつまりは借金取りだ。好きでそんな業務をする人間がいるわけもなく、妬み嫉《そね》みといっても知れたものだったからだ。それでも、直属上司に冷たくされ、不愉快、かつ屈辱的な目に遭わされたのだ。

加えて駄目で元々。働きぶりが認められなければ再び月岡の運転手に戻ればいい。そんな甘え、開き直りもあった。

しかし、経営企画、それも役員となれば話は別だ。

常に結果を出し続けなければならないことはもちろん、厳しい出世レースを勝ち抜いてきた人間たちと伍《ご》して戦わなければならない上に、異物を排除しにかかるのは、組織の常だし、役員は会社の顔である。その顔のひとりに中卒が並ぶ。そんな現実を素直に受け入れられる人間がいるわけがない。

えらいことになってもうた——。

俊太は戸惑いを覚えながら、無意識のうちに寛司に目をやった。

ムーンヒルホテルに入社するきっかけを作ってくれた恩人である。課長に、子会社の社長に就任した時は、我が事のように喜んでくれた寛司だ。他の役員とは、違う反応を見せるに違いない。

ところが――。

寛司の顔に表情はない。その様は、まるで能面のようだ。そればかりか、横目で俊太を見る瞳には、冷え冷えとした光すら宿している。

なんでや？　どないしてん、カンちゃん――。なんでそないな目でわしを見るねん？

心臓が重い拍動を刻みはじめる。

嫌な汗が背筋に滲《にじ》み出す気配を感じる。

そんな俊太の内心の揺らぎが月岡に分かるわけがない。

「正式な発令は株主総会を経てのことになるが、小柴には今日を以《もっ》て、役員の待遇を与える。ウエディング事業は、経営企画部の管轄にするから、お前が見ることになるが、経営を誰に任せるか、早々に案を上げるように」

月岡はそう命じてくると、会議を終わらせた。

役員一同が立ち上がり、深々と頭を下げる中、月岡は悠然とした足取りで部屋を出た。

扉が閉まるのと同時に、役員たちは書類をまとめ、次々に部屋を出て行く。

声をかけてくる者は唯《ただ》のひとりもいない。それどころか、一瞥《いちべつ》すらしない。

皆一様に、俊太の存在など無きもののように、憮然《ぶぜん》たる面持ちをあからさまにし、部屋を後にする。

月岡に最も近い席に座っていた寛司は、列の最後尾だ。

きっと何か言葉があるはずだ。

しかし、俊太の淡い期待ものの見事に裏切られた。

寛司は、無言のまま俊太の目の前を通り過ぎようとする。

「カンちゃん──」

俊太は戸惑いながらも、思わず声をかけた。

寛司の足が止まった。

「カンちゃん、わし──」

「まさに一夜城ってやつだな……」

寛司は言葉を遮るようにいう。「よかったじゃねえか、テン。大した出世だ」

しかも、前を見据えたままだ。

硬い声だった。冷たい声だった。

「カンちゃん……」

もはやそれ以上の言葉も出ない俊太を残して、寛司は足早に部屋を出て行く。

俊太は、その場に立ち尽くし、寛司の後ろ姿を呆然と見つめるしかなかった。

2

「あのな、文枝《ふみえ》。わし、本社の役員になってん」

俊太がそう切り出したのは、その日の夕食の席でのことである。

あれから会社に戻り、通常の業務をこなしたせいで、帰りが遅くなり、文枝とふたりだけの夕食となった。

今夜の主菜は、文枝手製のトンカツだ。副菜はポテトサラダ、他にマグロの刺身と、小松菜のお浸しが並んでいる。

「えっ……本社の役員？――」

「取締役や。経営企画を担当することになってん」

文枝は目を丸くし、瞼《まぶた》を瞬《しばたた》きながら、手にしていた茶碗《ちゃわん》と箸を置くと、

「どうして早く知らせてくれないの。あなた、ウエディングの社長になった時もそうだったじゃない。知らせてくれれば、お祝いのお料理も用意したのに」

非難めいた口調とは裏腹に、瞳を輝かせながら顔をほころばせる。

当たり前だ。

子会社の社長になっただけでも望外の出世だというのに、本社の役員である。立志伝中の人物と称《たた》えられても不思議ではない大慶事だ。

しかし、そんな文枝を見るにつけ、胸中に重く垂れ込めた霧は深くなるばかりだ。もちろん、ひっかかっているのは、寛司の反応である。

はあ――っと俊太はため息をついた。

「どうしたの？　おめでたい話なのに、ため息なんかついて」

文枝は、怪訝《けげん》そうな顔で訊《たず》ねてくる。「そういえば、今日はお酒はいいなんていうし、あなた変よ。何かあったの？」

「それがなあ――」

俊太は、役員就任を告げられた時の他の役員たちの反応、そして会議が終わった後の寛司の様子を、何を以て月岡がこんな断を下したのか、球場建設費用の捻出も含めて話して聞かせると、「そらな、他の役員にしてみたら、わしのような人間が、本社の役員になるいうのは、おもろうないと思うのは分かるで。そやし、そのことはええねん。気になってしゃあないのはカンちゃんや」

胸の内を正直に吐露した。

「気のせいなんじゃないの。他の役員の方たちの手前、喜ぶ顔なんか見せられなかったのよ、きっと。あなたが会社に入るきっかけを作ってくださったのは、麻生《あそう》さんじゃない。中には余計なことをと思っている人だっているだろうし――」

「そやけどなあ。球場建設の一件以来、なんか様子がおかしいねん」

「おかしいって、どんなふうに？」

「あのな、実はわし、今回の策を思いついた時に、真っ先にカンちゃんに聞いてもらおう思うたんや」

俊太はこたえた。「考えいわれたんはカンちゃんで、わしはついでや思とったしな。それにカンちゃんにいわせると、社長は〝鳴かぬなら殺してしまえホトトギス〟の信《のぶ》長《なが》や。甘く見とったら、ばっさり切られてまうぞ、いわはったし。そないなことになったら大変や。少しでも役に立ちたい思うて――」

「そしたら、麻生さんは？」

「それがなあ……俺に花を持たせるつもりか、いわはってん――」

俊太は肩を落とした。「それに、どうせ球場使用料の先払いやろいわれてな。わしが考えついた策っちゅうのは、方法こそ違うけど、先払いちゅうことに変わりはないし、話す前にカンちゃんにそういわれてまうと、それ以上何もいえへんようになってもうてん」

「ところが、その前払いのおカネの工面の仕方が、若旦那様には目から鱗《うろこ》だったってわけか」

「そうなんや」

俊太は頷《うなず》いた。

文枝は、何か思い当たることがあるのか、複雑な表情を浮かべながら、視線を落とし、テーブルの一点を見つめる。

「どないしてん、そないな顔して――」

促す俊太に、

「ううん」

文枝は慌てて首を振る。「まあ、世間にはつまらないことにこだわる人がいるんだけど、麻生さんはそんな人じゃないし――」

「つまらんことって、どないな？」

文枝は、困惑した顔になって一瞬押し黙ったが、

「あのね、あなたには相談しなかったけど、光子《みつこ》が小学校に上がる時、私、私立を受験させようと思ったのね」

声を潜め話しはじめた。「家計にもだいぶ余裕があるし、あの子には私が叶《かな》わなかった、学問を身につけさせてやりたいと思ったの。でも、いろいろ調べてみると、私立の小学校に入るには試験があるっていうし、それも専門のお教室に通わないと無理だってことが分かって――」

「試験？　幼稚園児に、どないな試験をやんねん？」

「お絵描きとか工作とか、行動観察といって、子供を集めて先生の指示通りに動けるかとか」

「幼稚園児にそないなことやらせて、何が分かんねん。小っちゃな子供のやることなんか、大差ないやろ」

「そんなことないわよ。絵や工作だって幼児教育のひとつだし、指示を守れるかどうかは、きちんと躾《しつけ》がされているかどうか。つまり子供を見れば親の程度も分かれば、家庭環境だって見えてくるものがあるのよ」

そうはいわれても、ドヤ育ちの俊太には、全くぴんとこない。

「光子は絵も上手いし、礼儀だってしっかりしとったやないか」

俊太は、釈然としない思いを抱きながらこたえた。

「でもね、やっぱりちゃんとした教室に通った子供とは、あからさまな違いが出るっていうのよ。それに、親の面接もあるっていうから、それで私、お教室に行って相談してみたの」

それが、寛司の態度とどういう関係があるのか分からない。

俊太は、黙って先を促した。

「光子は訊《き》かれることにはきはきこたえるし、ご挨拶もしっかりしてるって、先生はすごく褒めてくださって。試しに、その場で授業を受けさせてもらったら、光子も楽しそうにしてるし、それで申し込みをしたんだけど……」

文枝は悲しげな眼差《まなざ》しを浮かべて語尾を濁した。

「なんで止《や》めたん?」

俊太の問いかけに、文枝は暫しの間を置くと、

「親の学歴を書く欄があってね。正直に書いたら、先生が困った顔をして……」

ぽつりと漏らした。

「両親共に中卒じゃ、あかんてか」

「はっきりいわれたわけじゃないけど、入会するにあたっての心構えを聞かされるうちに分かったの。自分が学んだ学校に入れるために、子供が生まれた時から準備を始めている親もたくさんいる。入学すれば、親、特に母親は学校に頻繁に行かなければならないようになるから付き合いも密になる……要するに、私立の小学校に子供を通わせるには、共通したバックグラウンド、同じような価値観、家庭環境がなければ、子供、親の双方が苦労するっていいたいんだって……」

つまり、首尾よく入学にこぎつけたとしても、今度は光子や文枝が異物として扱われ苦労することになるというわけだ。

文枝は続ける。

「だから、役員の人たちがあなたのことを良く思わない気持ちはすごくよく分かるの。小学校の件にしたって、同じようなバックグラウンドを持った人たちが、合格を勝ち取ろうと必死になってるわけじゃない。会社だって同じでしょう？　役員になった人たちは、同期、先輩、後輩、学歴は皆甲乙つけがたい。横一線に並んでヨーイドン。長いレースに勝ち抜いて、いまの地位に就いたんだもの。そんな人たちとは全然違うあなたが同じ地位に、それも四十二歳という若さで昇ってきたのよ。しかも、経営企画って会社の最重要部署の担当だもの、そりゃあ妬みもすれば、嫉みもするわよ」

文枝がそんな辛《つら》い思いを経験していたことははじめて知ったが、役員たちの心情をいい当てていることに間違いはない。

「しかしなあ、カンちゃんはわしを妬んだりするわけないで」

俊太は首を捻《ひね》った。「昔、カンちゃんいうとったわ。世の中には、ドヤ育ちいうだけで色眼鏡で見る人はぎょうさんおって、大きな会社には入れへん。カンちゃんがムーンヒルホテルに入れたんは、社長の引きがあったからやけど、周りには色眼鏡で見るやつもおったと思うで。カンちゃんも、それに負けんでいまの地位を手にしたんや。他の役員たちとは、わしを見る目が違う思うねんけど……」

「私もそう思うわ」

文枝は即座に同意する。「だから、麻生さんは違うっていったじゃない」

「そしたら、あのカンちゃんの態度は説明つかへんやん」

「何か難しい仕事を抱えてて、頭がいっぱいだったんじゃない？」

文枝はいうと、「それに、あなたはなんでも、カンちゃん、カンちゃんっていうけど、麻生さんはあなたのことばかり考えているわけじゃないと思うの」

にっこりと笑った。

難しい仕事といえば心当たりはある。

寛司が担当していたアメリカのホテルチェーンとの合弁事業の件だ。

契約に際して、先方に十パーセントの株を渡すことを寛司は懸念し、異を唱えたといった。それに耳を貸さなかった月岡に、不満を抱いていた様子でもあった。

海外進出は、ムーンヒルホテルにとっては、伸《の》るか反るかの大勝負。まさにグループの将来が懸かった最重要案件で、これに勝る事業計画はいまのところ社内にはないはずだ。

ひょっとして、あの件で何か厄介なことが起きてんやろか——。

もしそうだとしたら、寛司の対応にも説明がつくような気もする。

そんな内心を察したかのように文枝はいう。

「自分では気がついていないでしょうけど、あなただって難しい顔してる時もあれば、話しかけても上の空って時も結構あるのよ。でも、私は何があったのかなんて聞かないわ。だって、聞いてほしいことなら、あなたは絶対話してくれるはずだもの。話さないってことは、私に聞かせたところでどうなるものでもないってことじゃない」

そして、俊太の目をじっと見つめ、「それだけ、あなたを信頼してるのよ、これでも……」

照れ臭そうに微笑《ほほえ》んだ。

信頼という言葉がすとんと胸に落ちた。

俊太も文枝に同じ気持ちを抱いているし、信頼あっての夫婦というものだ。同様に兄同然と慕う寛司に対しても揺るぎない信頼を抱いていることは間違いない。

「そやな、カンちゃんも難しい仕事抱えてはるからなあ」

胸中に垂れ込めていた霧が消えていく気配を感じると、頬が緩み、俊太ははじめて笑みを浮かべた。

「お祝いしましょう」

文枝は腰を浮かしながらいうと、「今夜は私も付き合うから」

俊太がこたえるまでもなく、祝杯をあげる支度を始めた。

3

十一月も終盤になると師走の声が聞こえはじめ、街は俄《にわ》かに活気づく。一年の締めだ。好不況に関係なく、繁華街は人で溢れ、夜遅くまで賑《にぎ》わうようになる。この時期は、商売人にとっては最大の商機だ。忘年会、クリスマス、お歳暮と、イベントは目白押し。ボーナスで懐も温かいとなれば財布の紐《ひも》もつい緩む。

ホテル業界もその例外ではなく、人の移動が活発になれば、宿泊客が増加する。宴席も増えるし、クリスマスにはレストラン、客室も若いカップルで満席満室となる。さらに、近年になって正月をホテルでゆっくりと過ごす家庭が増えたおかげで、目ぼしいホテルは早いうちから予約で埋まる。

特にムーンヒルホテルの人気は凄《すさ》まじく、高額なシーズン料金を設定しても、予約開始の半年前には、レストランも客室も、あっという間に満員御礼という盛況ぶりだ。

それもこれも、社長就任以来、月岡が行ってきた経営戦略があってのことだ。いまやムーンヒルホテルは、国内最大のホテルチェーンの座を揺るぎないものとし、その勢いは止《とど》まるところを知らない。まさに前途洋々、破竹の勢いで成長を続けている。

しかし、寛司の心は冴《さ》えない。

いま降りたばかりのタクシーが走り去る音を聞きながら、寛司はマンションのエレベーターホールに入った。

すでに日が変わった時刻である。

ロビーの照明は落とされ、常駐している管理人室の窓もカーテンで閉ざされている。

自宅がある三階もまた同様で、人が起きている気配は感じられない。

家族は寝ているはずである。

寛司は自ら鍵を開けると、室内に入った。

明かりを灯《とも》し、リビングに入る。

脱いだコートと上着をソファーの上に投げ捨て、ボードの中からショットグラスとバーボンを取り出す。

体が揺らぐのは、酷《ひど》い酔いのせいだ。

銀座のバーで、ろくなつまみを口にすることなく、延々と呑《の》み続けたのだ。

だが、それでもなお体が、いや、得体の知れぬ何かが、呑まずにはいられない気持ちに駆り立てる。

バーボンの四角い瓶を傾け、琥珀《こはく》色の液体でショットグラスを満たすと、寛司は立ったまま一気にそれを喉に流し込んだ。

もはや味など分からない。ただ強いアルコールの刺激が喉に走る。

返す手で二杯目を注《つ》いだその時、

「お帰りなさい。今夜も随分遅かったのね」

ネグリジェの上にカーデガンを羽織った真澄《ますみ》が入って来た。

「年末は、何かと忙しいんだよ」

深酒のせいで、呂律《ろれつ》が回らない。

それでも寛司は、グラスを一気に呷《あお》った。

怪しいのは呂律ばかりではない。手元がくるい、口からこぼれた酒が、顎を伝って滴り落ち、ワイシャツの胸元を濡《ぬ》らした。

「そんなになるまで呑んで。もう、止めなさいよ」

化粧を落とした真澄が、眉を顰めて慌てて制する。

「飲みてえんだよ、俺は」

ボトルとグラスを手にした寛司は、ソファーに歩み寄る。足下がふらつくのを必死で堪《こら》え、そのままどさりと腰を下ろした。

「どうしたの？　あなた、最近変よ。毎晩酔っ払って帰って来て……。何かあったの？」

真澄が変化に気がつくのも当たり前だ。

ドヤで暮らしていたあの時代、泥酔して路上に転がる日雇い労働者の姿を日常の光景として目にしてきたのだ。酒に溺れた姿が、傍目《はため》にどう映るかは、寛司自身が誰よりも知っている。

脂と埃《ほこり》に塗《まみ》れた頭髪。垢《あか》が浮いた肌。真っ黒な爪。伸び放題の髭《ひげ》に、服の汚れだって酷いものだ。中には、小便を漏らし、それが体や衣服が放つ臭いと相俟《あいま》って、発酵臭というか腐敗臭というか、酷い臭いを放つのだ。

ドヤに身を置くまでには、様々な理由があるにせよ、そこにあるのは社会の、人生の敗北者の姿以外の何物でもない。

それはドヤに限ったことではない。

深酒をする者に限って口にするのは愚痴と不満だ。

同僚、時に上司の醜態を見るにつけ、胸に込み上げてくるのは酒に逃げ場を求めた人間への哀れさであり、嫌悪である。そして敗残者という言葉が脳裏に浮かぶ。

だから、これまで酒で憂さを晴らしたこともなければ、まして逃げ場を求めたことはただの一度たりともない。しかし、今回ばかりは別だ。もはや、そこに思いが至らぬほど、寛司は正気を失っていた。

「テンがな……」

名前を口にした瞬間、それまでじっと胸に秘めていた感情が迸《ほとばし》った。「あのテンが……本社の取締役になったんだよ」

「小柴さんが？　取締役に？」

真澄は目を見開くと、口元に笑みを浮かべた。「よかったじゃない。あれだけ可愛《かわい》がって――」

「よかった？」

寛司は言葉を遮ると、「お前、本気でそう思ってんのか」

片眉を上げ真澄の顔を睨《にら》みつけた。

「だって、小柴さんは……」

真澄は言葉を返そうとしたが、寛司の語気の激しさに気圧《けお》されたのか、語尾を濁した。

「しかも、経営企画担当役員だ」

寛司はグラスにバーボンを注ぎ入れ、一気に呑み干すと、「経営企画ってのは、社長直轄の部署で、これまで担当役員はいなかったんだ。まさに会社の中枢。いや頭脳といえる部署だ。それをテンに任せるってことは、社長がテンを自分の右腕、役員の中で最も有能、かつ信頼の置ける人間だって認めたってことだぞ」

グラスをテーブルの上に叩《たた》きつけるように置いた。

「どうしてそんな重要なポストを？　小柴さん、社長に評価されるような大きな仕事をしたの？」

「まあな……」

寛司は奥歯を強く嚙《か》み締め、一瞬の間を置き、続けた。「うちが買った球団の新本拠地になるスタジアムの建設資金調達って難題を、あいつは解決してみせたんだよ」

「どうやって？」

真澄の問いかけに、寛司は事の経緯を簡単に話して聞かせると、

「だからって、この人事はどうかしてるぜ。テンが考えた策は、とどのつまり球場使用料の先払いだ。市は恒常的な財源を欲している。会社のカネをびた一文使うことなく、それを可能にする策を考えろ。社長は、そう命令したんだ。シーズンシートの長期契約で上がる収益を建設費に当てりゃ、契約期間が終わるまで、本来会社に入るはずだったカネがびた一文も入ってこなくなっちまうじゃねえか。それじゃ、会社のカネを使ったのも同然ってもんだろ？」

こみ上げる怒りのまま吐き捨てた。

だが、事実は違う。

俊太が考えついた案は、自分には思いもつかぬものであったし、聞いた瞬間、なるほどその手があったかと、着眼点といい、発想といい、愕然とするほど見事なものだった。

真澄には、社長の命とは異なるといったが、それも違う。

　市には、広告収入という財源が恒常的に発生するし、球場の建設費用もまた、シーズンシートの長期契約料で賄える目処が立った。それに加えて、ホテルと球場、ふたつの新設物件を、一括してひとつの建設会社に請け負わせることで、大幅な値引きを可能にした。つまり、会社のカネをびた一文使うことなくという命題を俊太が解決してみせたことに間違いないのだ。

それは分かっている。

しかしだ。

「テンが会社に入れたのは俺のお陰なら、子会社の社長になれたのだって、俺が知恵をつけてやったからだ」

「それは、小柴さんだって十分分かっているわよ。あなたには感謝してもしきれないほどの恩義を感じているわよ」

「恩義ね」

その言葉がまた癪《しゃく》に障る。

寛司は鼻を鳴らした。

「あいつ、この策を思いついた時、俺に入れ知恵しようとしやがったんだ」

「えっ？」

「いい策を思いついたっていってな」

「あなた、それ、聞いたの？」

「聞くか！　そんなもん！」

「どうして？」

真澄は非難めいた口調でいう。「小柴さんは、あなたの力になれると思ったんでしょ？　実際、あなた、社長を満足させる案が思い浮かばなくて困ってたんでしょ？」

「なんで俺が、あいつに知恵を授けられなきゃならないんだよ」

寛司はボトルに手を伸ばすと、グラスにバーボンを注ぎ入れた。「いったろ。あいつを会社に入れたのも、子会社とはいえ、社長になれたのも、全ては俺のお陰だぞ。俺がいなけりゃ、あいつはあのままドヤ暮らし。いま頃刑務所に入ってたって不思議じゃなかったんだ。そんなやつが俺に知恵を授けるって？　冗談じゃない。調子に乗るな。分をわきまえろってやつだ」

「つまり、プライドが許さないってわけ？」

「プライド？」

寛司は、バーボンを一気に呷ると、「ああ、そうだよ。プライドの問題だ。当たり前だろ？　満足に字も書けない、読めもしない。中卒で学もない。ないないづくしのあいつが、俺を救おうなんて気になること自体、思い上がりもここに極まれりってもんだ！」

空になったグラスをがんとテーブルの上に叩きつけるように置いた。

「でも、そこから這い上がってきたのは小柴さんが結果を──」

「よく他人事《ひとごと》のようにいえるもんだね」

寛司は再び真澄の言葉を遮った。「テンが経営企画を任されたってことは、これから先、会社が手がける事業の企画立案だけじゃない。それに伴う組織改編、人事にも大きな影響力を持つってことなんだぞ。これまでは、新しいことを始めるにあたっては、社長は真っ先に俺に相談してきたが、これからはテンってことになるんだ。中卒の、それも俺が引き入れてやった、あのテンが、絶大な権力を持つことになるんだぞ。それで、どうして俺が平気でいられるんだよ」

さすがに真澄も、事の重大性に気がついたらしい。

顔を硬くして押し黙る。

寛司は続けた。

「役員は皆一様に、担当する仕事を持っている。そこで結果を出すので精一杯だ。その点あいつは全然違う。新しい企画を立案するのが役目なんだ。そこで実績を上げようものなら、常務となり、専務、果ては俺を抜いて副社長に就く可能性だってあるんだ」

「小柴さんが副社長……」

真澄は視線を落とし、テーブルの一点を見詰めると、低い声で呟《つぶや》いた。

「副社長は、うちの会社じゃ望み得る最高の地位だ。テンが副社長になれば、文枝さんは副社長夫人だ。あのふたりが、俺たちの上に立つんだぞ。それで、君は我慢できるのか？　君にもプライドってもんがあんだろが」

寛司は己の胸の中に渦を巻く、得体の知れないものの正体に気がついていた。

川霧の下足番から始まった、俊太の出世を我が事のように喜んでいたのは、紛れもない事実だ。夏枯れの解消、ウエディング事業への貢献と、働きぶりが月岡に認められ、子会社の社長になった時も同じ思いを抱いた。

しかし、本社の役員に抜擢《ばってき》され、自分の地位を脅かす存在になったとなれば話は別だ。

俊太に目をかけてきたのは、決して自分と同じ土俵に立つことはない。生涯自分が主であり、俊太は従。この関係は、どんなことがあっても覆ることはないと確信していたからだ。

それが、いま逆転しようとしている。しかも、俊太自身の才覚を以てしてだ。

あいつが俺の上に立つって？　俺があいつに負ける？

そんなことはあり得ない。いや、あっていいはずがない。

寛司には我慢ならない。

もっと我慢ならないのは、俊太がどうやら強運の持ち主であることだ。

出世は才覚や実力だけで成せるものではない。巡り合わせと運に恵まれて、はじめて可能になるものであることを、寛司は知っている。

運――。それは、どれほど欲しても、運のあるや無しは、神のみぞ知るというもので、どれほど努力を積み重ねても、決して手に入れることはできない。謂《い》わば、神の天命。神に愛された者だけに与えられる特権である。

あの俊太がそうだというのか――。

でなければ、俊太がここまでの出世を遂げられるわけがない。

そこに思いが至ると、寛司の胸中には俊太に対する猛烈な嫉妬の念が込み上げてくるのだ。

「文枝さんが、副社長夫人……」

短い沈黙の後、真澄は冷え冷えとした声でぽつりといった。

「文枝さんだって中卒だぞ。しかも、社長の家の女中上がりなんだぞ。君だって文枝さんに何かと目をかけてきたのは、俺とテンの立場が逆転することはない。そう思っていたからだろ？　テンが俺の上に立つってことは、君と文枝さんの立場も逆転するってことだ。それでも君のプライドは、傷つかないとでもいうのか」

真澄はすぐにこたえを返さなかった。

しかし、何を考えているかは、能面のように一切の表情を消し、陰鬱な光を宿す真澄の瞳を見れば明らかだ。

「それで、あなたどうするの？　このままじゃ、あなたのいう通りになってしまうかもしれないんでしょ」

長い沈黙の後、真澄は硬い声で問うてきた。

「方法はひとつしかないな」

寛司はこたえた。「あいつには到底考えもつかないような新しい事業をぶち上げることだ」

「考えはあるの？」

「あるさ」

寛司は頷くと、「だてに長くアメリカで暮らしていたわけじゃない。あの国は、ビジネスの宝庫だからな。そして、アメリカで受け入れられたビジネスは、必ず日本でも受け入れられる。それさえ、思いつけば――」

歯嚙みをしながら、空になったままのグラスを見つめた。

4

それから半年。

定期株主総会を終え、俊太は正式に取締役に就任した。

全てが月岡の一存で決まる会社である。ましてや、業績は絶好調とあっては、俊太の取締役就任に異議を唱える者などいるはずがない。

寛司は、合弁で経営することになった海外事業の打ち合わせに忙殺され、アメリカと日本を頻繁に行き来する日々が続くようになっていた。

そのせいで同じフロアの住人となった俊太とは、滅多に顔を合わせずに済んだのは幸いだったが、こうしている間にも、月岡との間で新しい事業計画が進んでいるのではないかと考えると気が気ではない。

何か新しい事業を考えなければ。それも、俊太には到底思い浮かばない、起死回生の一発となる事業を——。

しかし、気が急《せ》くだけでそれほど筋のいい事業となると、そう簡単には思いつかない。

ようやく、「これだ！」という確証を得られるビジネスが閃《ひらめ》いたのは、その年の八月。アメリカのロスアンゼルスでのことだった。

それは全くの偶然だった。

合弁会社が経営するホテルの一号店は、ロスアンゼルス近郊のディズニーランドの近くに建設することが決まっていた。

すでに、誰もが気軽に海外に出かける時代である。ハワイの観光客は日本人が主流となり、「まるで熱海」と称される有り様だ。海外旅行に慣れた旅行者は、さらに遠方へと出かけるようになり、いまやアメリカ本土も大変な人気となっている。

中でも、日本人にとって古くから映画や絵本を通して馴染《なじ》みのあったディズニーの巨大遊園地は、アメリカ西海岸の観光の目玉ともいえる存在で、そこにムーンヒルの名前を冠したホテルを設ければ千客万来。どう考えても失敗するはずのない鉄板事業になると踏んだのだ。

いつものようにロスアンゼルスに到着するや、空港からレンタカーでホテルに向かい、チェックインをしようとしたところ、予約がないという。

アメリカではこうしたトラブルはまま起こる。

果たしてホテル側の瑕疵《かし》であったことが判明したのだが、問題は部屋に空きがないということだ。

何しろ、夏休みの真っ最中である。周辺の同等クラスのホテルは全て満室で、ようやく探し当てたのが、五十キロほど離れたところにある、系列のホテルだ。

二、三階建てのテラスハウスが敷地内に十棟ほど集まり、看板がなければ宿泊施設というよりも集合住宅といった趣で、各棟にはそれぞれ六から十の客室がある。

こうした宿泊施設は、アメリカでは珍しくなく、長期滞在者やビジネスマンを対象としているだけあって、宿泊料金もモーテル以上、ホテル以下の設定になっている。

実際、寛司もこれまで同様のホテルを何度も利用したことがあったし、目新しい発見などあろうはずもないと考えていた。

ところが、このどこにでもある宿泊施設に、ムーンヒルホテルが新しいビジネスに乗り出すヒントがあったのだ。

帰国して三日。

そしていま、あの時、脳裏に浮かんだ新しい事業は企画書として仕上がり、寛司のデスクの上にある。

寛司は、時計に目をやった。

時刻は午後三時になろうとしている。

寛司はロッカーから取り出した上着を着用すると、部屋を出た。

社長室は、副社長室を挟んだ、ひとつ先にある。

ドアをノックすると、「入れ」という月岡の声が聞こえた。

「失礼いたします」

寛司は、頭を下げ部屋の中に入った。

月岡が立ち上がり、応接用のソファーに歩み寄る。

「どうだ。ロスの方はうまくいっているのか」

月岡は腰を下ろしながら訊ねてきた。

「全て順調に行っております」

それからしばらくの時間をかけて、建設中のホテルの進捗度合いを報告した寛司は、

「ところで社長。ひとつ面白い事業を考えつきまして」

満を持して切り出した。

「面白い事業？」

「新しい形態のホテルです」

寛司はいった。「実は、今回の出張で予約のトラブルがありまして、常宿とは違うホテルに泊まることになったのです。社長もご存じでしょうが、アメリカのホテルチェーンは、利用者の経済力、目的、嗜好《しこう》に応じて、形態を変えた宿泊施設を運営しています。私が今回宿泊したのは長期滞在者、ビジネスマンにターゲットを絞ったもので、その分料金が格段に安いのが売りなのです」

「うちのセカンドブランドをやろうってわけか」

さすがは月岡だ。分かりが早い。

「うちの宿泊者のメインは都市部だとビジネスマン、それも上級管理職。あるいは外国人。リゾート型は若者ですが、これは遊興施設が整備されていることに加え、社長が行ってきたイメージ戦略の成果です。一方の地方はビジネスマンよりも、団体観光客が中心です。これは、旅行会社がムーンヒルホテルでの宿泊をプランの中に謳《うた》うと、格段に集客力が上がるからで、これもまた社長のイメージ戦略の賜物《たまもの》です」

寛司は、まずは月岡を持ち上げてみせると、「ですが、ホテル業界最大の顧客は、ビジネスマンです。そして、上級管理職者はどこの会社でもひと握り。うちに泊まりたくても泊まれない。そんなビジネスマンが圧倒的多数なのです」と言葉に弾みをつけた。

「なるほど……」

気のない返事だった。

その反応に、寛司は戸惑いながらも、

「ムーンヒルホテルの経営による気軽に泊まれるホテル。要はビジネスホテルですが、たとえば名前をムーンヒル・インとすれば、ブランドイメージには傷がつきません。ターゲットはビジネスマン、一般旅行者ですから、目的は宿泊のみ。プールやジム、レストランを設ける必要はありません。結果、客室数も増やせれば、人件費も抑えられるというメリットが生じます。その代わり、宿泊客を対象にした無料朝食サービス、それもバイキング形式の食べ放題とすれば、ビジネスマンにとっては、間違いなく魅力的なサービスと映ると思うのです」

声に力を込めると、どうだとばかりに胸を張った。

全ては、アメリカで宿泊したホテルで改めて気づいたことである。

それ以前にもモーテルに宿泊し、チェックアウトの際にフロントで、コーヒーとドーナツの無料サービスを受けたことはあるが、先日泊まったホテルでは、管理棟の一室に設けられていたのはブッフェである。数種類のパン、ジャム、バター。そしてシリアル。保温器の中にはハム、ソーセージ、ベーコン、ハッシュドポテト。スクランブルエッグに目玉焼き。ヨーグルトにサラダ、フルーツもある。果ては、ワッフルの材料と調理器具までが用意されており、宿泊客はセルフサービスでそれらのものを好きなだけ食することができるのだ。

こうしたサービスが一流ホテルで行われることはまずない。朝食といえども、ホテルのレストラン部門にとっては貴重な収益源だし、そもそもが高額な宿泊料を支払える経済力を持った客が多数を占めるからだ。

だが、ターゲットを平均的なビジネスマン、一般客に定めると話は違ってくる。規模の大小にかかわらず企業では、宿泊費の上限が定められているのが常である。出張手当を支給する企業も多いが、サラリーマンにとっては、それも貴重な臨時収入だ。出張先での呑み代の足しに、帰りの電車の呑み代にと思うのが人情というもので、朝食が無料で提供される、しかも種類豊富な料理が食べ放題となれば、大人気になるのは間違いない。

ところがである。

「随分高くついたアイディアだな」

「えっ……」

月岡のひと言に、寛司は凍りついた。

「ブッフェスタイルの朝食無料サービスなんて、日本のビジネスホテルでもやっているところがぼちぼち出てきているっていうぜ。アメリカに行かなくたって思いつくだろ」

「しかし、実際にうちはやっていない……いや、ムーンヒルホテルの名前のもとではやろうにもやれないサービスじゃありませんか。ですから――」

「ビジネスホテルに特化したセカンドブランドを立ち上げるってところは確かに、新しいっちゃ新しい。日本では、そんなことをやってる一流ホテルはないからな」

月岡は皆まで聞かずにいうと、「だがな、それだってアメリカのホテルチェーンは、とっくの昔からやってることじゃねえか。いったい何年かかって、そこに気がついたんだ？」

今度は寛司の感性、いや能力を疑わんばかりの言葉を口にした。

「それは――」

全く想像だにしなかった反応に寛司は口籠もった。

微妙ないい回しではあるが、セカンドブランドを立ち上げることについては、「新しい」と肯定しておきながら、まるで能力を疑うような言葉を投げかけてくるとは――。

どういうことだ。何が気に食わないんだ。

「実はな、お前が考えたこのプラン、もう動きはじめているんだよ」

「動きはじめているって……」

寛司は顔面から血の気が失《う》せていくのを感じながら、

「いったい誰が……」

思わず問うた。

「テンだよ」

名前を口にした瞬間、月岡の目元が緩んだような気がした。

「テンが？」

「あいつ、春にうちの球団のキャンプの視察に出かけようとしたんだが、近場のホテルはマスコミやら観光客やらでいっぱいでな。空き部屋がなくて、球場からはかなり離れた場所の、それもビジネスホテルに泊まったんだとさ。そこで朝食の無料サービスに出合って、ぴんときたってんだ。宿泊料は格安なのに、朝飯は食べ放題。しかも和食、洋食のどちらも用意されている。こいつをうちでやったら、どえらいビジネスになるってな」

信じられない。

どうして、テンがそんな発想を——。

夏枯れ対策にしても、ウエディング事業にしても、周囲の人間の発した言葉がヒントとなったものばかりだ。格安ウエディングにしたって同じだ。俺が入れ知恵をしなければ、あいつはあんな事業を思いつくはずがなかったのだ。

つまり、無から有を生み出す力はない。それがテンという男であったはずなのに、今度は誰が。

「あいつ、セカンドブランドのことも、同時に提案してきてな」

月岡の目が、掌中の珠《たま》を愛《め》でるように細くなる。「パレスをムーンヒルホテルのセカンドブランド、ウエディングをサードブランドにしたことで、ブライダルビジネスを飛躍的に拡大させただろ。そいつをビジネスホテル事業にそっくりそのまま応用できるんじゃねえか。そういってきたんだよ」

あっと声を上げそうになった。

やはり、ヒントはあったのだ。

それも、よりによって、自分が与えたアイデアがもとになっているとは――。

無意識のうちに寛司は唇を嚙んだ。

「お前は、アメリカのホテルではっていうがな、それならなんでもっと早く、このプランを出してこなかったんだ？　いったいお前は、何年アメリカにいたんだよ。帰国してから何年経《た》つんだよ。テンは、アメリカには一度も行ったことがねえんだぞ。それが、地方のホテルのサービスに、これだと閃いて、お前と寸分違わぬプランを出してきたんだ。大したやつだと思わないか？」

明確に言葉にこそしないものの、先の「随分高くついたアイデアだな」という感想と、いまの話からすれば、月岡が何をいわんとしているかは明らかだ。

アメリカ駐在という大きなチャンスを与えられ、しかも勤務先は提携先のホテルである。アメリカの一流ホテルが、セカンドブランド、サードブランドを持っていることはいまに始まったわけではない。それを大発見のようにいう。その点、俊太は違う。たった一回。しかも、地方の格安ビジネスホテルに宿泊しただけで、同じプランを思いついた。

テンの才は、明らかにお前に優る。

月岡はそういっているのだ。

「はい……」

肯定するのは、屈辱以外の何物でもないが、そうこたえるしかない。

視線を落とした寛司に向かって、月岡はいう。

「このプランは、すでにテンが中心になって実現に向けて動き出している。国内のめぼしい都市にはあらかた進出を終えて、ここから先、どうやって事業を拡大するかを思案していたところへこのプランだ。客層もダブらんし、従来型のホテルを新設することに比べりゃ建設費も安くつく。それでいて、遥《はる》かに大きな市場、それもうちが全く手をつけていなかった市場に進出できるんだ」

月岡は、そこで満面に笑みを浮かべると、仰天するような言葉を口にした。「それが実現すれば、あいつの大手柄だ。その後の働き如何《いかん》では、俺の後継者になるかもしれんな」

「後継者……」

寛司は我が耳を疑った。

まさか……。あのテンが、ムーンヒルホテルの社長になるって？

「俺は生涯家庭を持つつもりはない。つまり、いずれムーンヒルホテルの経営は誰かに委ねなければならなくなるわけだ。もしテンが、この事業を成功裏に導けば、これは次期社長候補に相応《ふさわ》しい立派な功績になる」

いわれてみればというやつだ。

月岡はいまだ独身だ。実子がいないとなれば、後継者探しの問題にいずれ直面する。しかし、社名に月岡を英語に直訳した名前をつけたことからして、本家のみならず一族にとっても、ホテル事業に覚える愛着は深いものがあるはずだ。おそらくは身内の誰かを後継者に据えるのだろうと考えていたのだが、とんでもない思い込みをしていたものだ。

そういえば、と寛司は思った。

月岡は、いまに至っても一族の誰ひとりとしてムーンヒルホテルに引き入れてはいない。

創業家というものは早くから後継者を育てるべく、学業を終えた時点で会社に迎え入れ、現場で鍛え、経営を学ばせ、あるいは、敢《あ》えて他人の釜の飯を食わせて、頂点に君臨する人間に相応しい資質を身につけさせる。

先代はその部類であったのだが、月岡自身はいまに至るまで、そうした動きを見せたことは一度たりともない。

なんてことだ。俺はとんでもない思い違いをしていた。副社長が上がりのポジションではなかったのだ。もうひとつ先への道は、開かれていたのだ。
「テンが、社長になったら面白いことになるだろうな」
月岡はいう。「経営者にはカリスマ性が必要だ。伝説となるエピソードがあればな
おいい。中卒のテンが、ムーンヒルホテルの頂点に君臨する。それも、学歴の点では、
遥かに優る人間たちを実力で退けてだ。こんな話は、いまの時代に滅多にあるもんじ
ゃない。世間の耳目を集めもすれば、世の中には、経済力、あるいは親の無理解で進
学できなかった若者も数多《あまた》いるからな。運悪く受験に失敗し、二流三流の大学に甘ん
じなければならなかった若者だって大勢いるんだ。それが己の才覚次第で、社長にだ
ってなれるとなりゃ、我こそはと思う人間が、わんさか門を叩くようになるだろうか
らな」
月岡の言葉に、背筋に戦慄《せんりつ》が走った。恐怖を覚えた。
その読みが間違いないということもある。
いや、それ以上に、月岡が自分の後継者として俊太を育てようとしている。
そう確信したからだ。
あのテンが社長になる？　俺にその下で仕えろというのか？
冗談じゃない。
とても受け入れられる話ではなかった。

何よりも衝撃的だったのは、「経営者にはカリスマ性が必要だ」という月岡の言葉だ。中卒の人間が、並み居る高学歴者を押しのけて経営トップに立つ。それがカリスマ性につながると月岡が考えているのなら、少なくともこの一点を満たす役員は皆無だ。滅多にあることではないにせよ、その気になれば何歳になっても得ることができるのが学歴だ。しかし、一度獲得した学歴は、捨てることはできない。つまり、組織で働くにあたっては、絶対的に不利と考えられている低学歴が、後継者選びという段になって逆に作用することになってしまうのだ。

月岡の意図を知ったいま、この状況を覆すのは容易なことではない、と寛司は思った。月岡が退くまでには、まだ時間がある。俊太が期待にこたえられず、見切られる可能性だってないわけじゃない。しかし、少なくともすでに着手しているビジネスホテル事業への進出はまず間違いなく成功するだろう。その功績を以て俊太は常務、いや、一足飛びに専務になることだってあり得る話だ。そこで、さらなる功績をあげれば副社長。その時点で、月岡と共に役員を管理し、経営全般を見渡すのが役目となるのだから、次期社長は決定だ。

「麻生」

名を呼ばれて視線を上げた寛司に向かって月岡はいった。「この際だからはっきりいっておくが、俺はお前も後継者候補のひとりだと考えてきた。だがな、お前には、テンとは比べものにならないほどのチャンスを与え、様々な経験を積ませてきたんだ。だから、テンと同じレベルの仕事じゃ俺を満足させることはできねえんだよ。もっと知恵を絞れ。テンには到底思いもつかないプランを持って来てみろよ。俺を失望させるな」

失望？

そのひと言が寛司の胸に突き刺さった。

確かに、今回のプランは俊太のものと同じではあったさ。しかし、ほんのわずかな時間差で、俊太が先に提出しただけの話じゃないか。ならば、俺がテンに先んじて、このプランを提出していたら、お前はどう評価したんだ？「さすが麻生だ」ということになったんじゃないのか。

俺だって、精一杯知恵を絞ったんだ。目を皿のようにして、新しい事業をムーンヒルホテルにと、その一心で働いてきたんだ。

それをもっと知恵を絞れだと？　失望させるなだと？

どの口がいってんだ。

球場の件といい、ビジネスホテルの件といい、発案者はテンじゃねえかだと？　勝手なこというな！　テンと同じレベルの仕事じゃ満足できねえって、だったらお前はどうなんだ！

猛烈な反発心。怒りが、胸中に込み上げてきた。

それは、いま月岡が発した言葉のせいばかりではなかった。

そんなプランが、そう簡単には見つかるわけがない。それも数を出せばいいというものではない。採用されなければ、評価を落とすだけ。つまり、月岡を唸《うな》らせるような「筋のいい」プランを提示してみせなければならない。自分に要求されているハードルが、俊太よりも遥かに高いといっているのも同然だからだ。

これじゃ、テンが圧倒的に有利じゃねえか。

月岡には恩がある。生涯仕える君主だと思ってきた。これまで忠実に、かつ精一杯働いてきたのは、そう信ずればこそだ。だが、仕える君主が代わるとなれば話は別だ。

しかも、こともあろうに、あのテンだなんて、絶対にあり得ない。

その時、寛司の脳裏にひとつの言葉が浮かんだ。

それは瞬く間に形となって、ひとつの策ができあがった。

一か八《ばち》かの賭けだが、勝算はある。

寛司はそんな内心をおくびにも出さず、

「申し訳ありませんでした……」

丁重に頭を下げると立ち上がった。

玷《TEN》の章

【玷】
過ちを犯す。欠点。

1

カリフォルニアの空の色は独特だ。

突き抜けるような青は、長く暮らしたハワイよりも美しい。何よりも光の透明度が違う。そしてそれは、眼《め》に映るものの全ての色を、鮮やかにする魔力を持つ。

花の色、芝の緑はいうにおよばず、ポンコツ同然の自動車の塗装ですらもだ。

活力溢《あふ》れるこの地の光景を眼にする度に、新しい文化や産業の多くが、何故《なにゆえ》にカリフォルニアから誕生するのか、その理由が分かるような気がする。

色彩の鮮やかさ、透明感溢れる大気は、この地に集う人々に開放感を覚えさせ、想像力を掻《か》き立てる。それが既成概念に縛られない、時に狂気とも思えるほどの新しい文化、産業を生む源となっているのだ。

「……というわけで、建設の進捗状況は、全てオンスケジュール。開業日も予定通りだ。半年後には、営業開始となるわけだが、日本側のセールスプロモーションは順調に進んでいるんだろうね」

ラルフ・ラッセルは、合弁会社を設立するにあたってのパートナー、ハミルトンホテルの経営戦略担当副社長だ。

ロスアンゼルスにあるハミルトンホテル本社の執務室で、建設中のホテルの進捗状況を話し終えたラッセルは、寛司に向かって訊《たず》ねてきた。

「ご心配なく」

寛司は頷《うなず》いた。「日本人の海外旅行熱は高まるばかり。すでに、このホテルの開業は、旅行会社に告知しておりますし、各社ディズニーランドをメインに据えたツアー企画の準備を進めておりますので……」

「激増する日本人観光客をいかにして摑《つか》むかは、業績に直結する重大事案だ。絶対に失敗できんのだが、開業したはいいが、肝心の客がいまひとつじゃ話にならんからね」

念を押してくるラッセルに、

「開業日さえ確定すれば――」

寛司は訊ねた。

アメリカ人の仕事には、駐在中に何度も痛い目にあったことがある。

何しろ、契約社会である。不都合があっても、自分の職分以外のことには手を出さない。それも、完璧に仕事をこなすのならまだしも、手を抜くのが当たり前なのだから油断も隙もあったものではない。

「心配は分かるが、こと我が社においては、全てがオンスケジュール、オンバジェットで進むのが決まりでね」

ラッセルは肩を竦《すく》める。「多額の資金を必要とする新規物件に関してはなおさらでね。当たり前だろ？　開業が遅れれば、その間の収益はゼロ。にもかかわらず、人件費、光熱費その他諸々《もろもろ》、経費は発生するんだ。結果、投資効率に狂いが生じる。そんなことになろうものなら、私は馘《くび》だ」

「それを聞いて安心しました」

寛司は笑みを浮かべた。「では、開業日は決定ということで……」

「楽しみだね」

ラッセルは満足そうにいう。「今回の合弁事業には、我々も大いに期待していてね。日本製品は世界を席巻しているし、ほぼ全国民が中流意識を持つという世界でも稀有《けう》な国だ。そんな国で海外旅行が身近なものになったんだ。この市場はとてつもなく大きいよ」

昭和五十六年のいま、アメリカの対日貿易赤字は拡大する一方だ。

半導体、自動車と、かつてアメリカの経済を支えてきた産業に、昔日の面影はなく、もはや日本企業の独壇場だ。海外旅行も身近なものとなっており、日本人旅行客をいかにして獲得するかは、ハミルトンホテルにとっても最重要事案のひとつであることに間違いはない。

そうした現実からすれば、ハミルトンホテルがムーンヒルホテルとの合弁事業に乗り出したのは、極めて合理的、かつ戦略的な経営判断だったといえるのだが、双方の株式の十パーセントを持ち合うという条件には、別の思惑があってのことに違いないと寛司は確信していた。

「それは、我が社にとっても同じですよ」

寛司は頷いた。「国民の所得が上がる一方で、海外旅行は逆に安くなる一方です。それに円もかつてに比べると格段に高くなって、買い物にも割安感が出てきたこともあって、どうせ旅行に行くなら海外へ。日本人はどんどん海外に出かけるわけです。こんな状況を指を咥《くわ》えて見ているわけにはいきませんからね」

「それでも、ムーンヒルホテルの経営は、順調なんだろ?」

「もちろんです。イメージ戦略の効果もありますし、リゾート型のホテルの建設にいち早く取り組んできたのは、こうした時代の到来を見越してのことなんですから」

寛司は、話の展開が思い通りになってきたことを内心でほくそ笑みながら、「ただ、従来型のホテルは、日本国内ではこれ以上増やせません。進出すべきところには、進出しつくしましたからね。そこで、さらなる事業拡大のために、いままで我々が手がけてこなかった形態のホテル事業に進出する計画があるんです」

満を持して切り出した。

「それは、どんな？」

「ビジネスホテルです」

寛司はいった。「ハミルトンホテルもハミルトン・レジデンス・イン、ハミルトン・コートヤードといった、セカンド、サードブランドを立ち上げ、利用者のニーズに応じて、ホテルよりも気軽に泊まれる価格の宿泊施設を展開していますが、実は日本では一流ホテルがこうしたビジネスを行っている例は皆無なのです」

「それは興味深い話だね」

「複数のホテルを経営していても、全国に四、五軒、というのが日本の一流ホテルで、ターゲットにしている客層は皆同じ。つまり、どこへ行っても同じ設備、同じサービスを受けられる。利用者に安心して使ってもらえれば、ブランドイメージの維持につながると考えているんでしょうね」

「分からんな」

ラッセルは首を捻《ひね》る。「そのままずばりの名前を使うわけじゃないんだ。まして料金も安いとなれば、系列店であって、ホテル本体とは似て非なるものであることは誰にでも分かろうってもんじゃないか。むしろ、ホテル本体の名前がつけば、酷《ひど》い代物じゃない。客だって安心して使ってくれるものだよ」

「日本人は、保守的なんですよ」

寛司は大げさに両手を広げると、続けた。「その点、うちは違うんです。一流ホテルがビジネスホテル市場に乗り出したことはない。これは、日本で圧倒的なブランド力を持つムーンヒルホテルには、新たな客層を摑むビッグチャンス。海外ではハミルトン・ムーンヒルホテルで、日本国内ではビジネスホテルで事業を拡大していこうと考えたわけです」

さて、どういう反応を示すか。

寛司は、ラッセルの目を見つめた。

「素晴らしい。ムーンヒルホテルをパートナーに選んだ我々の目に狂いはなかったね」

目元を緩ませながらも、一瞬ラッセルの瞳に怪しい光が灯《とも》るのを寛司は見逃さなかった。

やはり狙いはそこか。

「本当にそう思っているんですか？」

寛司は問うた。

「えっ？」

駆け引きも必要だが、それも時と場合による。

虚を突かれれば、必ず感情の揺らぎが表情や仕草に表われる。それが人間というものだ。

「ハミルトンホテルは、日本への進出を狙っているんでしょう? ムーンヒルホテルとパートナーシップを持ったのは、いずれムーンヒルホテルを支配下に置く。それが狙いなんじゃないんですか?」

果たして、ラッセルは顔を強張《こわば》らせ、眉をぴくりと動かした。

しかし、それも一瞬のことで、

「いきなり何をいい出すんだ。我々が、ムーンヒルホテルを支配下に置くだなんて、そんなことは――」

歪《ゆが》んだ笑みを浮かべ、首を振りながら瞼《まぶた》を閉じる。

「考えていないとでも?」

寛司は、続く言葉を先回りすると続けた。「そうですかね。あなた方の狙いは端《はな》からそこにあると考えていましたが?」

ラッセルは短い沈黙の後、

「見当違いもいいところだ」

肩を揺らしながら笑った。「考えてみたまえ。確かにムーンヒルホテルは、日本最大のホテルチェーンだが、それも国内に限っていえばの話だ。こういっちゃ失礼だが、世界中にホテル網を持つ我々からすれば、極東の一ホテルグループに過ぎない。そんなものを手に入れるメリットがどこにある」

「大ありでしょう」

寛司はすかさず返した。「日本製品は、世界中を席巻している。ほぼ全国民が中流意識を持つ世界でも稀有な国だと、いまご自身でおっしゃったじゃないですか。日本製品は、今後ますます世界中の国々に浸透していくでしょう。それは、国民の所得レベルを押しあげていくということです。まして、新幹線、高速道路の建設計画は目白押し。それは、人の移動が飛躍的に活発になることを意味します。当然、宿泊施設への需要も高まるわけですが、ハミルトンホテルはアジアにはまだ進出していません。日本はアジアの中でも、突出した市場だし、将来性も十分だ。あなた方が黙って指を咥えて見ているわけがない」

「確かに日本は魅力的な市場ではある。それは認めるよ。しかしね、ムーンヒルホテルは、上場しているとはいえ、実態はツキオカさんのオーナー会社じゃないか」

ラッセルは、あくまでも白を切るつもりらしいが、目論見《もくろみ》は読めている。

「じゃあ、なぜ合弁会社を設立するにあたって、十パーセントの株をハミルトンホテルが持つことを条件にしたんです？」

寛司は訊ねた。

「それは、揺るぎないパートナーシップを結ぶためで――」

「パートナーシップね」

寛司は口の端を歪ませながら鼻を鳴らし、ラッセルの言葉を遮ると、「私の読みはこうです」と前置きし、続けていった。「ムーンヒルホテルは順調に事業を拡大しているが、日本国内に留《とど》まっている限り、いずれ業績は頭を打つ。なぜなら新設の余地がなくなるからだ。ならば、どこに業績拡大の道を求めるかとなれば、ひとつしかない。海外です」

ラッセルは、言葉を返さなかった。

感情を消した表情で、じっと寛司の目を見据えたまま沈黙する。

それが何を意味するかは明らかだ。

肯定である。

「しかし、ムーンヒルホテルはアメリカ本土でのビジネスの経験はないし、日本人だけをターゲットにしていたのでは季節によって客の入りにむらが出る。だから、どうしてもパートナーを見つける必要があったし、ハミルトン側からすれば、日本人観光客は大きな魅力だ。つまり、両者の思惑が一致したからこそ合弁会社が設立されたわけです」

「それで？」

「日本でこそムーンヒルホテルは有名ですが、海外では無名に等しい。ハミルトンの名前を使わなければ海外事業の急展開は望めない。つまり、合弁事業がうまくいけばいくほどハミルトンの影響力は強くなる──」

またしても、ラッセルは沈黙する。

しかし、今回はそれも長くは続かない。

「ツキオカさんには、君の見解を話したのかね？」

「もちろん」

寛司は、大げさに肩を竦めながら肯定した。

「で、彼はなんと？」

「絶対に支配下に置かれるような事態には陥らない。発行済株式に占める安定株主の割合が、ハミルトンホテルに奪われることはあり得ない。役員のひとりやふたり、迎え入れることにはなるかもしれんが、支配下に置くことなど不可能だと……。社長は、アメリカ人の怖さを知りませんから」

「アメリカ人の怖さね」

ラッセルは、苦笑を浮かべながらも、目に怪しい光を宿す。

「でも、私は嫌いじゃありませんよ。嫌いじゃないどころか、気に入ってるんです。ビジネスの本質は、食うか食われるか。知恵と知恵のぶつかり合いですからね。能力に優《まさ》る者が全てを掴み、敗者には何も残らない。ドライで、物凄《ものすご》く分かりやすいところがね」

寛司はラッセルの視線をしっかと捉えながらこたえた。

「つまり、ビジネスホテル市場での成功が間違いない以上、我々の思惑通りにはならない。君はそういいたいのかね？」

「このままでは、そういうことになるでしょうね」

ここからが本題だ。

この取引にハミルトンホテルが乗るかどうかで自分の将来が決まる。

そして、一旦それを口にしてしまえば、もはや後戻りはできない。

なぜなら、月岡に俊太が次期社長候補だと告げられたあの日、寛司の脳裏に浮かんだ言葉は「謀反《むほん》」だ。月岡の首を取り、己がその地位につくための策を話すことになるからだ。

だが、すでに腹は決まっている。

「でも、方法はあるんです。それも、あなた方が考えているよりも、ずっと早く、ムーンヒルホテルグループを、そっくりそのまま手に入れる方法がね」

寛司は躊躇《ちゅうちょ》することなくいった。

「ほう……それはどんな？」

ラッセルは片眉を吊り上げた。「是非聞かせてもらいたいものだね」

「ただし、それには条件があります」

「だろうね」

ラッセルは頷きながら、身を乗り出してきた。「その条件とやらを、まずは聞かせてもらおうじゃないか」

彼の背後の窓越しに、芝で覆われた広大な庭が見える。

スプリンクラーの散水が、カリフォルニアの日差しに反射し、まばゆいばかりの光を放つ。その中に潜む狂気に駆り立てられるように、寛司は己の野心を解き放った。

2

プレ開業イベントは盛大なものだった。

ロスアンゼルス・ハミルトン・ムーンヒルホテル二階の宴会場は、純白のクロスがかけられた丸テーブルで埋まり、タキシードやドレスに身を包んだ名士が顔を揃《そろ》えた。

日本人は、領事や日系企業の役員が主だが、アメリカ側からは地元選出の上下両院議員、市長、市議会議員、富裕層に加えて、映画の都と称されるだけあって、ハリウッドの俳優、女優たちが宴《うたげ》に華を添えた。

それもハミルトンホテルというアメリカ屈指の大ホテルチェーンの力の賜物《たまもの》だが、その会長、社長と並んで主役を務めた月岡の高揚感といったらない。

宴が終わり、最上階のスイートルームに場を移したいまもなお、月岡の興奮は収まるどころか、高まる一方だ。

部屋の中には月岡と寛司の他に、ふたりの男がいた。

ハミルトンホテル会長のデビッド・ハミルトン、社長のロバート・ハミルトンである。

「記念すべき日です。改めて男だけで呑《の》みませんか」

ウインクをしながら月岡に持ちかけたのは、ロバートだ。

こうしたパーティの場には夫人同伴というのがアメリカの常識なら、二次会という習慣もない。仮にそうした場を設けることになったとしても、夫人が席を外すことはあり得ない。

しかし、さすがの月岡もアメリカの習慣には疎い上に、本土進出を果たした夜だ。まして錚々《そうそう》たる顔ぶれを集めてのパーティが大盛況のうちに終わったところでの申し出である。

月岡がふたつ返事で快諾したことはいうまでもない。

「ムーンヒルホテルの営業力は想像以上ですね」

ロバートはシャンペンで満たされたグラスを傾けた。「四カ月先まで全館ほぼ満室。その六割が日本人観光客です。ツアー客をいかにして押さえるかが、ホテル事業にいかに大切か、改めて思い知りました」

巷間《こうかん》、裕福な家に生まれたことを『銀の匙《さじ》を咥えて生まれてきた』と称するが、アメリカには言葉通りの環境で育った人間が確かに存在し、その豊かさは日本人の想像を絶する。

ロバートはまさにその典型ともいえる人物で、生まれながらにしてハミルトンホテルグループを率いることを約束された人間だ。

中学校から寄宿舎制のプレップスクールで学び、大学は東部の名門プリンストン。それだけにプライドは高く、選ばれた人間特有の雰囲気を醸し出す。

如才のない振る舞いといい、洗練された会話といい、いかにもアメリカのエスタブリッシュメントそのものだ。

「日本人は英語に限らず、外国語が苦手でしてね。そのくせ海外への憧れは人一倍強いんですよ。その点ツアーなら添乗員がいますから言葉の心配はない。観光名所や名物料理だってちゃんと組み込まれてあるし、移動手段だって用意されていますからね。それこそ鞄《かばん》ひとつ、身ひとつで海外旅行を楽しめるわけです。だから旅行社をしっかり押さえれば、客集めには苦労しないんです。もっとも、団体旅行が盛んなのは海外だけじゃありません。国内も同じですがね」

月岡は自信満々にこたえると、シャンペンを美味《うま》そうに呑む。

大方の日本人の例に漏れず、月岡はあまり英語が得手ではない。簡単な会話程度をこなすのがやっとで、少し込み入った話になると、通訳を必要とする。

寛司の訳を聞いたロバートは、

「では、ムーンヒルホテルが日本国内に多くのホテルを建て、ことごとく成功させてこられたのも、その日本人の団体旅行好きがあってのこととおっしゃるわけですか？」

興味深げに訊ねてきた。

「ええ……」

「ちょっと意外ですね。どこの町にどんな名所があるのか、珍しい食べ物があるのか、それを自分で調べプランを立てる。胸も躍れば、夢も膨らむ。旅行の楽しみは、計画の段階から始まっているものじゃありませんか。それに、名所、旧跡を訪ねるのは学習という側面もあるわけです。勤勉な日本人が旅行会社の立てたプランを好むとは不思議な気がしますが？」

「確かに日本人は勤勉ですが、話題を共有するのを好むんです。それは、旅行に限ったことではありませんでね。服やバッグにしても評判になれば、我も我もと同じブランド品を身につける。ムーンヒルホテルだって同じですよ。うちのホテルを利用することが流行《はや》りになれば、皆右へ倣え。我も我もと押しかける。それが、一種のステータスであり、共通の話題を持つことにつながる。そこにお客様は満足を見出《みいだ》すんですよ」

「分不相応な出費も厭《いと》わないと?」

「まあ、そこがアメリカと大きく違うところでしょうね」

月岡は薄く笑った。「要は日本人は見栄っ張りなんですよ。人が持っているものは自分も持たなければならない。体験も同じなんです。だから、こと日本ではいかにしてブランドを確立するかが全てのビジネスにおいては重要になるんです」

「なるほどねえ」

ロバートは感心したように唸《うな》ると、「それじゃあ、今回お始めになるビジネスホテルの成功は約束されたも同然ですね」

探るような目で月岡を見ながら、グラスを傾けた。

「どこからその話を?」

月岡は少し驚いた様子で訊ねると、寛司の顔をちらりと見た。

「パートナーの動向には常に気を配っていますから」

すかさずロバートは当然のようにこたえたが、もちろん計画を耳に入れたのは寛司だ。

もっとも、ビジネスホテル事業への進出は、すでに公式に発表されていることだから、ロバートのこたえは十分納得のいくもののはずである。

「我々の動きを？」

月岡の顔から笑みが消えた。

「当然でしょう」

その一方で相変わらずロバートは目元を緩ませたまま、こくりと頷く。「日本製品がこれだけ世界を席巻しているというのに、日本企業に関する情報をアメリカのメディアはほとんど報じません。報じたとしても、自動車か半導体程度、それも扱いは極めて小さい。まして、ホテル業界の動きに関してはゼロです。となれば、独自の手段でニュースを集めるしかないじゃないですか」

「さすがですな」

月岡は眉を上げると、「で、そうまでして日本のホテル業界の動向を把握しようとする理由はなんです？　単にパートナーの動きを把握するためだけではないように思いますが？」

警戒するような光を目に宿した。

「ツキオカさん。正直にいいます」

ロバートはグラスをテーブルの上に置くと、改まった口調で切り出した。「我々の関心事は、日本人観光客だけではありません。日本人ビジネスマンにどうしたらハミルトンホテルを使ってもらえるか。そこにもあるんです」

月岡は黙って話に聞き入っている。

ロバートは続ける。

「日本の情報収集は、いまに始まったことではありません。日本企業の海外進出が顕著になるにつれ、日米間の航空便は増加の一途を辿《たど》っています。もちろん観光客が増加していることもありますが、かつては直行便のなかった都市にも路線の開設が相次いでいる。こうした路線の利用者はほとんどがビジネスマン。つまり、必ずホテルを必要とする人間が増加しているということになるわけです」

「我々が、ムーンヒルホテルとパートナーシップを結んだのは、それが狙いのひとつでしてね」

デビッドがはじめて口を開いた。「もちろん、日本にセールスオフィスを設けることも考えましたよ。ですがね、問題は人材なんです。日本でセールスを行うためには、日本語が話せることが大前提だし、業界のことにも通じていなければなりません。アメリカのオフィスとのコミュニケーションも必須ですから、英語もできなければならない。セールスマンとしては、いささかオーバースペックだし、第一、それだけの能力を持っていれば、もっといい仕事はいくらでも見つかるでしょう」

確かデビッドは七十歳を超えているはずだ。

好々爺《こうこうや》然としてはいるが、豊かな銀髪に、ピンク色の肌、ブルーの瞳。タキシードを着た長身痩軀《そうく》からは、ロバートがまだ身につけてはいない威厳が漂ってくる。

「我が社も日本人を雇ったことはありますがね」

ロバートが言葉を継いだ。「ところがアメリカで長く暮らした日本人は、良くも悪くもアメリカ人になってしまうんです。やたら権利を主張するし、自分の職務以外のことは一切やらないといったように、アメリカの流儀ってやつを身につけてしまう。そんな人間に日本での仕事を任せれば、高い報酬に加えて、アメリカ並みの住居、その他諸々、法外な条件を要求するに決まっているし、旅行会社との交渉だってうまくいくわけがない」

「日本は日本人に、それもうちに任せてしまえば、ハミルトンホテルは一銭のカネもマンパワーも使うことなく客を集められる。だから、国内で圧倒的な人気を持つうちに目をつけたというわけですか」

意外なことに、月岡の口調からは不愉快さは感じられない。

むしろ、肯定的に捉えているようですらある。

「まあ、私がハミルトンの立場なら、同じことを考えたでしょうね。嫌いじゃありませんよ、そういう発想は」

果たして、月岡はにやりと笑い、シャンペンを口に含んだ。

「予約状況からして、日本人観光客にムーンヒルの名前が絶大な効果を発揮することが明らかになった以上、我々としてはこの合弁事業をハミルトンの最優先事業と位置づけ、拡大していく意向を固めました」

ロバートの申し出に、

「異存はありません。客を集めろというなら、いくらでも集めてごらんにいれますよ」

月岡は頬を緩ませ、口元から白い歯を覗《のぞ》かせた。

「同時にビジネスマンの集客もね――」

デビッドは顔の前に人差し指を突き立て念を押す。「ハミルトンはレジデンス・イン、コートヤードとホテル以下、モーテル以上の宿泊施設を経営しています。日本人ビジネスマンにはきっと満足していただけるかと――」

「そちらの方も任せてください」

合弁事業の拡大がよほど嬉《うれ》しかったとみえて、月岡は自信満々の態《てい》で胸を張る。

「今回我々が手がけるビジネスホテルのメインターゲットは、中間管理職以下のビジネスマンです。このクラスには国の内外を問わず、宿泊費の上限がありますから、一流ホテルは使えません。そして頻繁に海外出張に出かけるのもこのクラス。我々の提携先として紹介すれば、集客には苦労しませんよ」

「いや、頼もしいお言葉ですな」

デビッドは、満足そうに頷きながら顔を輝かせ、「ところで、その新たに始めるビジネスホテルですが、一号店はどちらに？」と訊ねてきた。

「もちろん東京です。万事において東京は日本の中心、最大の市場ですから」

「東京に一軒だけ？」

「いいえ」

月岡は首を振った。「埼玉、千葉、神奈川の三県は事実上行政区が違うだけで、東京の経済圏です。都内だけでも、東京、新宿、池袋、それ以外にもビジネスホテルの需要は確実に見込める。まず手はじめとして、その都内三地域に開業する計画です」

「なるほど」

デビッドは静かに頷きながら、「となると、結構な資金需要が発生するわけですが、どうなさるおつもりで？」と訊ねた。

「銀行からの融資で賄おうと考えております」

「銀行からねえ……」

デビッドはふむと考え込む。

「それが何か？」

「急成長を続けているとはいえ、ムーンヒルホテルは借入金が多すぎるように思いますが」

「えっ？」

「驚くことはないでしょう。ムーンヒルホテルは上場企業。決算書は公開されているんです。ましてパートナーですからね。経営状況の把握に努めるのは当然ですよ。あなただって私たちの決算書はご覧になっているんでしょう？」

「それは、まあ――」

「あなたが社長に就任して以来、ムーンヒルホテルの事業は拡大する一方だ。経営の多角化も進み、そのいずれもが順調に業績を伸ばしてはいます。しかし、その一方で、銀行からの借入金も増加し続けていますよね」

「事業拡大のためには資金が必要です。それも前向きな資金需要なんですから、問題はないでしょう」

「前向きな資金需要ね……」

デビッドは月岡の言葉を繰り返すと、口の端に明らかに皮肉の籠もった笑みを浮かべた。「確かにその通りではありますが、これじゃ誰のために事業をやっているのか分からないようにも思えますが」

「どういうことです？」

「ムーンヒルホテルが成長することによって、誰が一番恩恵を得ているのかってことですよ」

なるほど、そう来たか。

さすがはハミルトンホテルの総帥、海千山千のビジネスマンだ。

タイミングといい、話の持って行き方といい、絶妙極まりない。

この先に罠《わな》が待っているとは、さすがの月岡も気づくまい。

寛司は内心でほくそ笑みながら、デビッドの言葉を訳した。

デビッドは続ける。

「事業の拡大と共に売り上げは伸びているのに、最終利益は横ばい。つまり、増加した利益はそのまま銀行金利の支払いに回っているわけでしょう？」

「それのどこが問題なんです？」

月岡は平然といってのけると、反論に出た。「ビジネスはある意味農業、それも開墾者の農業そのものだと私は考えています。市場という畑を開き、種を蒔《ま》き、作物を育てた先に収穫の時がある。種が資金なら、開墾すれば畑はどんどん広がっていくんですから、種の量が増えるのは当たり前じゃありませんか」

「じゃあ、その収穫の時はいつ来ると考えているんですか？　あなたの経営戦略から推測するに、事業拡大の意欲は今後も止《や》むことがないように思えます。つまり、その種ってやつを買うカネがますます必要になる一方ってことにはなりませんかね。確かに、あなたは立派に作物を育ててはいる。ですがね、この種の購入代金には金利というものが発生するんです。そこが農業とは根本的に異なる点です。借りたカネは減らないどころか、どんどん増える。事業拡張で上がった利益は、あなたの手元を素通りして、銀行に流れる。誰のために事業をやっているのか分からないってのは、そのことをいってるんです」

「急成長の過程にある企業の宿命ですよ。第一、資金が欲しくとも調達先に苦労する。それが当たり前なんです。銀行が融資に応ずるのは我々の事業が、ことごとく有望であるからで――」

「そりゃ、そうでしょう」

デビッドは、体を揺すって苦笑する。「元本が減らないどころか、ますます増える。利子をきっちり払ってくれるとなれば、銀行にとっては理想的なお客さんですからね」

理がデビッドにあるのは明らかだ。

さすがの月岡も苦々しい顔をして押し黙る。

「私は日本の株主が不思議でしょうがないんですよ」

デビッドはいう。「アメリカの株主というのは強欲なものでしてね。株価は経営者の通信簿だ。投資したカネが、どれほど大きくなって返ってくるか、みんなそれを期待して株を購入するわけです。ですがね、株価が上がるだけで満足するかといえば決してそんなことはない。配当も要求するんです。ところが日本の株主は、そうではないようだ。もっぱら関心は株価にある」

「それは、小さな配当を得るよりも、その分を業績の拡大のために回した方が、より大きなリターンを得られる。日本の株主はそう考えているからですよ。そちらの方が利口な考え方だし、実際、あなた方が持つムーンヒルホテルの株の価値は、購入以来、十五パーセントもの含み益をもたらしているじゃありませんか」

「しかし、それもここ最近は頭を打っていますよね」

デビッドは、再び人差し指を顔の前に突き立てた。「その原因は、株価が上がりすぎて、一般投資家が手を出そうにも手が出せない。株の流動性が鈍っているからです」

「かといって、ムーンヒルホテルの成長に翳《かげ》りは見えない。事業自体も問題なく推移している。だから株主は、所有株を手放さない」

ロバートがすかさず言葉を継ぐ。「銀行だって融資を行うからには、担保を取ります。ムーンヒルホテルは、融資を受ける際に自社株を担保にしているわけですよね」

「ええ……」

「となればですよ、株価が上がれば担保の価値は上がるわけですから、借入金も減れば、金利もそれに応じて減るわけです。おそらく、このメカニズムを利用して、ムーンヒルホテルは銀行融資に頼って事業を拡大してきたのでしょうが、肝心の株価が伸び悩む一方で資金需要が増すとあっては、金利負担が重くのしかかってくるじゃありませんか」

これも、寛司が与えた情報があればこそだ。

ムーンヒルホテルの洋々たる前途は認めた上で、弱点を指摘する。それも、ハミルトン親子という、同業者の中でも遥《はる》か格上の経営者から疑念を呈されれば、月岡といえども聞く耳を持たざるを得ない。

「これは、経営者の立場から申し上げるのですが、この状況は早急に解決すべきだと思いますし、解決できる問題ですよ」

デビッドはいよいよ切り出した。

「どうやって？」

「方法はあります。まず第三者割り当て増資――」

ロバートがいった。

第三者割り当て増資とは、資金調達の方法のひとつで、特定の第三者に対して募集株式を割り当てることを意味する。つまり、新たな株を発行するに際して、あらかじめ引き受けに応じた相手から資金を調達する方法である。株の現物と引き換えに資金を調達するのだから当然無利子。引き受ける側も、取得した株価がその後上昇した分だけ含み益となる、双方にとってメリットのある手法だ。

「いや……それは──」

まさか、話がこんな展開になるとは考えもしなかったのだろう。

月岡は、困惑した表情で否定しにかかったが、

「もし、おやりになるなら、我々が引き受けてもいいですよ」

デビッドが代わっていった。

「ハミルトンホテルが？」

さすがに、この席を設けた狙いに気がついたのだろう。

月岡の目から酔いが吹き飛び、目が鋭くなった。

「私どもは、それだけこの事業を高く買ってるんです。ツキオカさんの経営手腕もね」

デビッドはぐいと身を乗り出した。「合弁事業を始めるにあたって、我々はムーンヒルホテルの十パーセントの株を取得しました。その後のプロ野球球団の買収効果で、ムーンヒルホテルの株価は高騰。我々は、実に十五パーセント以上の含み益を労せず

して手に入れることができたんです。これほど高いリターンをもたらす投資はそう滅多に出くわすものではありません。そして、今度はビジネスホテルだ。この事業は、絶対に成功する。我々はそう確信してるんです。本来株価はますます高くなって当然なんです。ならば、もっと株を持ちたい。そう考えるのが当然ってもんじゃないですか」

「こりゃまた、なんとも正直な――」

月岡は苦笑を浮かべる。

しかし目は笑ってはいない。

「ツキオカさんは、我々の持ち株比率が高まることを懸念なさってるんでしょう？」

「ハミルトンの持ち株はすでに十パーセント、立派な大株主ですからね。合弁事業はともかく、こういっちゃ失礼ですが、日本市場で外資系の企業が成功しないのは、日本の商習慣や流儀を知らない、はっきりいえば勉強不足が最大の原因です。あれこれ口を挟まれたのでは、うまくいくものもうまくいかなくなりますからね」

通訳するのも憚《はばか》られるようなこたえだが、筋書きはできている。

寛司はそのままを訳して聞かせた。

「ビジネスホテル三棟を建てるのに必要な資金は？」

月岡は金額を即座にこたえた。

「だったらご心配にはおよばないんじゃありませんか」

デビッドはいう。「我々はムーンヒルホテルの株を時価で引き受けます。それが発行済み株式の時価総額の何パーセントになるかを考えてみてください。三パーセントにも満たないじゃありませんか」

月岡の表情が変わった。

ふむといった顔をして考え込む。

「取得済み株式を合わせても、我々が持つ株は、全体の十二パーセントにも満たない。あなた個人の持ち株の半分にもおよばない比率ですよ。それに加えて、銀行や社員持ち株会と安定株主の持ち株を合わせれば五十パーセントを超える。我々がどうあがいたって経営に口を挟むことなどできませんよ」

月岡は暫《しば》しの沈黙の後、残っていたシャンペンを一気に呑み干すと、

「魅力的な申し出ですが……話がうますぎやしませんか」

グラスをテーブルの上に置き、ソファーの背もたれに体を預けた。

そして、ふたりの顔を交互にじっと見詰めると、

「狙いはなんです?」

ニヤリと笑った。

「純粋な投資ですよ」

デビッドはいった。「建設コスト、オペレーションコストは、ホテルに比べれば格段に低く抑えられる。もちろん料金もそれなりに安くはなりますが、市場規模は段違いに大きい。一流ホテルがセカンドブランドを掲げてビジネスホテルの経営に乗り出すのははじめての日本で、ムーンヒルホテルがこの事業に乗り出せば、成功は間違いなし。そして、高値で止まった株価を上げるために株式の分割を行う」

「二分割すれば、株価は半分になります」

ロバートがすかさず言葉を継ぐ。「当然、値が下がった株には買い手が殺到します。ビジネスホテル事業が順調に拡大していけば、株価はどんどん上昇し続ける。となれば再度、再々度の分割だって見込めるわけです。我々からしたら、まさに濡《ぬ》れ手で粟《あわ》。二パーセントでも持ち株を増やしたいと考えるのは当然でしょう」

値が高くなりすぎた株は、資金力に限りがある一般投資家には手が出せない。

そこで行われるのが株式の分割だ。一株を二分割すれば、株価は半分。三分割すれば、三分の一に下がる。逆に既存株主の保有株数は、二分割なら二倍、三分割なら三倍に増えるのだから、価値が毀損されることはない。いや、それどころか、一般投資家の手が届く価格まで株価が下がるのだから、株価は黙っていても上昇して当たり前なのだ。

当然、企業にとっても市場からの資金調達がより簡単、かつ効率良くできるようになるわけで、双方にとってメリットしかないのだが、分割が可能なのも、市場が将来性十分と認める優良企業であればこそだ。

「株の分割ねえ――」

月岡は呆《あき》れたように目を見開きながら首を振ると、「まるで、こちらの動きを察しているかのようなタイミングですね」

横目でちらりと寛司に鋭い視線を向けた。

「いや、私は何も……」

ぎくりとした。

一瞬、こちらの筋書きを読まれたかと思いながら寛司が訳すと、

「動きを察しているかのようなタイミング？」

すかさずロバートがしれっとした顔で訊ね返す。

「うちの株価は上がりすぎている。分割を検討すべきだという声が社内からも出ていたところでしてね」

「でしたら、なおさら第三者割り当てを引き受けさせてください。分割を行えば、株価は物凄い勢いで高騰するのは目に見えているんです。売りに出るのは、利益確定の一般投資家のもの。わずかな流動株を巡っての争奪戦になるんです。そして、安定株主は絶対に手放さない。我々が影響力を行使することなんてできやしませんよ。何も

心配することなんかないじゃありませんか」

ロバートは、声に力を込めた。

「えっ？」

「驚くことはないでしょう。個人のものも含めて、ツキオカさんは、安定株主の所有比率を減らしたくはない。そうお考えになっているわけでしょう？」

ロバートは、月岡の反応を探るような目を向けた。

ムーンヒルホテルは上場企業とはいえ、事実上月岡のオーナー会社だ。自分の所有株も含めて、支配下にある株を市場で売却しようものなら、持ち株比率は下がる。まして資金需要は旺盛となれば、売れば売るほど、月岡の絶対的権力基盤は脆弱《ぜいじゃく》になっていく。

もちろん、いまのムーンヒルホテルの隆盛は、月岡の経営手腕があればこそ。順調にいっている経営に変化を望む株主などいようはずもない。しかし、優良株を望むのは一般投資家ばかりではない。機関投資家や銀行だって常に優良株を鵜《う》の目鷹《たか》の目で探しているのだ。

そして、一寸先は闇。何が起こるか分からないのがビジネスの世界だ。

経営が順調にいっている時には黙っているが、翳りが見えようものなら黙っていないのが株主だ。そして、不満を抱けば彼らは団結する。

資金力にものをいわせて大量の株を持つ機関投資家や銀行が結束し、その株式の総数が、月岡の支配下にある株数を上回れば社長を解任することだってできるのだ。

月岡が何よりも恐れているのはそれである。

果たして月岡は、口を真一文字に結び、沈黙する。

「お気持ちは理解できますよ」

デビッドが柔らかな口調で語りかけた。「我々だって事情は同じです。ホテル事業はハミルトン家のファミリービジネス。創業家が経営に関与できなくなるなんてことはあってはならないことですからね」

それは違う。

月岡はムーンヒルホテルをファミリービジネスとは考えてはいない。

跡継ぎをもうけてもいないし、俊太、あるいは自分を将来の後継者候補と明言したのが何よりの証《あかし》だ。

月岡が持ち株の所有比率にこだわる理由はただひとつ。己の能力、可能性の限界がどれほどのものなのか。実業家、経営者として、たとえ株主であろうとも他人の意向に左右されることなく、思うがままに事業に専念したい。そう考えているからだ。

「ファミリービジネスね」

果たして月岡はふっと笑うと、「君臨すれど統治せずという言葉があります。跡取りが経営者として正しい資質を兼ね備えているかといえば、必ずしもそうではありません。創業家による経営にこだわっていたのでは、続くビジネスも続かなくなる。結局迷惑を被るのは従業員であり、株主ですよ」

またしても通訳をするのが憚られる言葉を口にする。

さすがに、言葉に詰まった寛司に向かって、

「どうした?」

と月岡は、片眉を上げる。

「いや……しかし――」

「いいから、そのまま伝えろ」

促されるまま、寛司が伝えると、ふたりの顔色が変わった。

「もっとも、ロバートさんには経営者としての資質がおありになるようだ」

月岡はすかさず言葉を継ぐ。「株の分割によるハイリターン。あくまでも利益を追求する姿勢は、私も嫌いじゃないし、今回の提案を聞いて、あなた方の狙いがはっきりと分かりました。それに、あなた方の狙いが買収にあるのではないかという疑念を抱いたことで、事業拡大のためには、なにも一から自らの手で行う必要はない。有望な会社の株を手に入れて、経営権を握る、あるいは会社そのものを買収する手法もある。ビジネスホテル事業の拡大のためには、むしろそっちの方が手っ取り早いかもし

れないということに改めて気づかされました」

「それは、どうも……」

ロバートが、両眉を吊り上げながら頭を傾《かし》げた。

「いいでしょう。第三者割り当ての話、お受けしましょう」

月岡はいった。「ただし、条件があります」

「条件？　それは、どんな？」

「ハミルトンホテルのノウハウを提供していただきたい。ビジネスホテルを手がけるのは、今回がはじめてです。あなた方はこの分野のビジネスを手がけて長い。我々が一からノウハウを積み上げていくよりも、確立されたものから学ぶ方が合理的ですからね」

「お安いご用ですよ」

デビッドは即座に快諾する。「ノウハウは全てマニュアル化されていますから、その全てを提供しましょう。なんなら、日本にその分野のエキスパートを派遣しても構いませんが？」

「いや、それは結構です」

そこで月岡は寛司を見ると、「麻生にやらせますので。アメリカと日本では客のニーズも違います。何を残し、何を使うかも含めて、麻生に検討させます」

きっぱりといい放った。
俊太が担当している案件を、手助けするのは面白くはないが、今日ばかりは違う。
月岡はまんまと罠に嵌《は》まった。
あとは筋書き通りに運ぶだけだ。
その果てには――。
寛司は笑みが浮かびそうになるのを必死で堪《こら》え、月岡の言葉を通訳した。
「では、改めて乾杯といきましょうか」
ロバートがシャンペンボトルを手に取った。
四人のグラスが満たされたところで、
「ムーンヒルホテルとハミルトンホテルの将来に――」
デビッドが音頭を取る。
四人のグラスが、涼やかな音を立てて触れ合った。
寛司にはそれが、月岡の運命が暗転に向かう合図に聞こえた。

3

それから三年――。

「想像以上の数字じゃねえか」

月次レポートを見た月岡が、目を丸くしながら感嘆の声を上げた。「平日は連日ほぼ満室。週末の客室稼働率も月を追うごとに上がって、今月は九十パーセント超えって……いや、驚いたな。うまくいくという確信はあったが、ここまで順調に軌道に乗るとはさすがに想像もしてなかったぜ」

「今月は受験がありましたんで」

俊太はこたえた。「東京にはぎょうさん大学がありまっさかい、地方から受験生がわんさか押し寄せるんですわ。安い宿はありますけど、少々高くとも、ゆっくり休める静かな宿をと思うのが親心ちゅうもんなんでしょうなあ。それに朝食もバイキングで好きなものを、それもムーンヒルホテルが用意するんです。腹が減っては戦ができぬいうやないですか。受験生の需要が週末の数字を押しあげたんですわ」

ムーンヒルホテルがビジネスホテルを開業するまでには、二年の時間を要した。当初の計画通り、東京、新宿、池袋の三箇所に開業した『ムーンヒル・イン』は、開業初日から大変な盛況ぶりとなった。

部屋の広さは、ホテルに比べれば格段に狭く、バスルームもトイレ一体型のユニットバスと見劣りはするものの、その分料金は一般のビジネスマンが出張費で全額賄える程度に抑えてある上に、和洋、それも品数豊富な朝食が好きなだけ食べられるというのが、大評判になったのだ。

そして開業から半年を過ぎたいま、出張での宿泊で満足した客が家族旅行でも使おうということが増え、ファミリー層へと客層も広がる一方である。懸念は週末の稼働率だったが、それも時を追うごとに利用者が増加し、今月は受験生という思わぬ需要に出くわした。

これは、とてつもないビジネスになる。

俊太もムーンヒル・インの展開に、確かな手応えを感じていた。

「受験生は大きなターゲットになりまっせ。来年は、受験生パックいうのをやったらどないやろと考えてますねん。料金は同じですが、大学までの道順、モーニングコールサービスに、夕食も無料で提供しようかと思っとんのです。都会の大学を受験しにくる学生は、ひとつしか受けんいうことはまずあらしません。三つ、四つと受けるもんです。親にしてみれば、朝食を心配することがのうても、夕食はどないすんねんいうことになるやろし、その不安を解消してやれば、このシーズンは学生だけで連日満室いうことになると思うんです」

「そりゃあいいアイデアだが……そんなことやったら、ビジネスマンが泊まれなくなっちまうじゃねえか」

そういう月岡だったが、心底満足した様子で満面に笑みを湛《たた》える。

「いまかて、満室ならお断りしてんのです。これだけ利用者が多くなれば、しゃあないなで済むことやし、第一、受験生で部屋が埋まってもうてるなんて、ビジネスマンに分かるわけないやないですか」

「相変わらず知恵の働くやつだな」

月岡は、腹を揺すって笑い声を上げると、「こうなると、店舗数の拡大を急がにゃならんわけだが――」

一転して真顔でいった。

「三大都市では東京に新たに二店、名古屋、大阪にそれぞれ一店、福岡、仙台、札幌《さっぽろ》でも進出計画は順調に進んでいます」

「遅いな」

月岡は厳しい声で断じた。「これは千載一遇のビジネスチャンスだ。県庁所在地のある都市はもれなく一店舗を早急に実現することだ」

「そやけど社長、なんぼビジネスホテルいうたかて、器を建てればええいうもんと違いまっせ。従業員も置かなならんし、立地の問題もあります。地方のホテルの買収も始めてはいますが、儲《もう》かっている先は売らへんいいますし、話を聞いてくれるところは、建物自体が老朽化していて、建て替えなならんのが大半です。新たに人を雇い、新築しなんてことをしとったら、そらごつい資金が――」

いけると踏んだからには、一気呵成《かせい》に突き進む。

それが月岡の性格だし、今日のムーンヒルホテルの隆盛も、他に類を見ない積極的経営手法があればこそだ。しかし、現場を預かる者からすれば、急激な事業拡大に伴う問題は数多く存在する。店舗の責任者となる支配人は、小さいながらも一国一城の主《あるじ》になるのだ。全ての業務に精通していなければならないし、ホテルとビジネスホテルは、同じ宿泊施設には違いないが、業務内容には異なる点も多い。ハミルトンホテルのマニュアルを日本向けにアレンジしたものがあるとはいえ、実際に開業してみれば、現実にそぐわない点もあり、まだまだ改良の余地がある。

確かに、ビジネスにはスピードが必要だ。しかし、有望な事業であるからこそ、万全な体制が整うまでは慎重に事を運ばねばならないのではないか。客は百パーセントの満足を要求する。八十点、九十点では駄目なのだ。価格以上の価値を提供してこそ、はじめて客に評価される。だからこそ、最初が肝心なのだ。

「人が足りないというなら、雇えばいいじゃないか。入社を希望している学生はわんさかいるし、管理職が必要なら、中途で採用すればいい」

「社長、それは……」

反論に出ようとした俊太を遮って、月岡は続ける。

「もちろん、全都道府県を一斉にっていってるんじゃない。資金のことは心配するな。株の分割をやったおかげで、株価の上昇には勢いがついている。株を担保にすりゃあ、銀行はなんぼでも貸す。事業の拡大が、また株価に弾みをつける。資金繰りはますます楽になっていく。こんなチャンスは、そう滅多にあるもんじゃない」

確かに、月岡の言には一理ある。

株式の分割を行ったのは一年前のことだが、その直後から、ムーンヒルホテルの株価は月岡の狙い通り急上昇を始めた。そして、ムーンヒル・インが好調な滑り出しを見せると、さらに上昇に拍車がかかった。

分割割合は一対三。当初の株価は三分の一になったが、既存株主の保有株は、三倍になったのだ。一株あたりの値が、十パーセント上昇すれば、含み益は三十パーセントも増える。つまり、銀行に担保に入れる株式は、従来よりもずっと少なくて済む上に、その後も株価が上昇をし続けているのだから、金利負担がゼロになったどころか、元本そのものが減っていくという好循環にある。

こんなチャンスは、そう滅多にあるもんじゃないといえばその通りではあるのだが、資金の調達に問題はなくとも、〝人〟はそう簡単には解決できない。

なるほど、ムーンヒルホテルには、毎年多くの学生が採用試験に訪れる。だが肝心なのは採用者の質である。それは中途採用者にもいえることで、優れた人材を確保する以前に規模を拡大していけば、人手欲しさにいままでなら採用に値せずとしてきたレベルの人間を雇用しなければならなくなる。つまり、ホテル業の本質が顧客の満足があってはじめて成り立つものである限り、仏作って魂入れずということになりかねないのだ。

懸念されるべき点はいっておくべきだ。

俊太が口を開きかけたその時、

「失礼いたします。社長、毎朝新聞の記者さんがお見えになりました」

ノックの音と共にドアが開き、秘書が告げた。

「入ってもらいなさい」

どうやら、あらかじめ決まっていた来客らしい。

「そしたら、私はこれで……」

腰を浮かしかけた俊太を、

「いいんだ。お前も同席しろ」

月岡は制した。

「わしもですか？」

「急拡大を続けるうちの秘密を取材したいんだとさ。ビジネスホテルの件にはマスコミの取材が殺到していてな。おそらくそのあたりのことを記事にしたいんだろうが、この事業の立役者はお前だ。いつまでも俺の手柄みたいに報じられるのも居心地が悪くてさ。そろそろお前を前面に出さないといかんと思ってたところだったんだ。毎朝なら、ちょうどいいだろ？」

毎朝新聞は、日本最大級の全国紙だ。

月岡は端からその紙面で紹介させる腹積もりであったらしい。

「社長、そないなことせんでも――」

「いいじゃねえか」

月岡はにやりと笑った。「お前がこの事業を発案したのは事実だし、第一、お前の入社の経緯、いまに至るまでの経歴は、今太閤《いまたいこう》そのものだからな。こんなおいしいネタをマスコミが放っておくわけねえだろ。ムーンヒルホテルは実力、才覚次第で出世できる会社だなんて知れてみろ。世間は立身ネタが大好きだ。うちの企業イメージもますます上がれば、我こそはと思う人材が集まってくるようにもなんだろうが。お前、人が足りなくなるっていってたが、ただ人を集めりゃいいってもんじゃねえっていいたかったんだろ？　〝人〟の後に〝材〟の字をつけたかったんだろ？」

なんや、何もかも分かってはるやん。

先走っての指示ではなかったことに安堵《あんど》する一方で、今日の取材で自分にスポットを当てようとする月岡の意図を知って、俊太は慌てた。

ビジネスホテルを手がけるのはムーンヒルホテルもはじめてだ。ハミルトンホテルのマニュアルがあるとはいえ、手探りの部分も数多《あまた》ある。その事業の先頭に立ち、指揮を執らなければならないのだ。まして、開業日は一日の遅れも許されないのだからトラブルが発生しようものなら一大事だ。

開業までの期間は、現場の事務所に分室を置き、そこに詰める日々が続き、本社に出向くのは月岡への定期報告の時だけ。他の役員と滅多に顔を合わせることなく済んだのは幸いだったが、俊太を〈異物〉と見る目は相変わらずだ。

それがビジネスホテル事業進出の立役者として、全国紙で報じられようものならどんなことになるか。

反応は火を見るより明らかだ。

ドアが再びノックされると、

「どうぞお入りください」

秘書の案内でひとりの男が入って来た。

スーツを着用した姿は、日頃目にするサラリーマンと変わりはないが、醸し出す雰囲気には独特なものがある。

自ら取材を申し込んだというのに、愛想笑いのひとつも浮かべることはない。感情が一切窺《うかが》えない表情。歩を進める足取りは緩慢で、どこかぞんざいですらある。良くいえば、状況に動じない心根の表われとも取れるが、悪くいえば傲慢無礼な態度といえなくもない。

「どうも、はじめまして。毎朝新聞の小里《おざと》です」

小里は名乗りながら、名刺を差し出した。

小里慎也《しんや》──。肩書きには、『経済部　次長』とある。

「どうぞ、そちらにおかけください」

月岡の勧めに従ってソファーに腰を下ろした小里は、肩掛け鞄の中から分厚い書類の束を取り出し、テーブルの上に置きながらいった。

「相変わらず絶好調ですね。ビジネスホテルも連日満室、ハミルトンとお始めになったホテルも、ロスオリンピック目当ての観光客で、すでに大入り満室だそうで」

「いやいや、まだこれからですよ。ロスもオリンピック需要を見込んで、新しいホテルがいくつも建ちましたからね。祭りが終わった後に客をどうやって確保するか。悩みの種は尽きませんよ」

そうはいいながらも、月岡は満足げだ。

秘書が緑茶の入った茶碗《ちゃわん》を置くと、勧めるまでもなく、それに口をつけた小里は、

「さて、すでにお伝えしてありますように、今日お伺いした目的は、ムーンヒルホテルの急成長の秘密を直接月岡社長ご自身からお聞きしたいと思いまして――」

改めて用件を切り出した。

「秘密といわれましてもねえ……。取材の意図をお聞きしまして、そんなものあるのかと考えたんですが、改めてお話しするようなものは何もなくて……。まあ、強いて挙げるなら、有能な人材を得た。全てはその一点でしょうなあ。実際、今回のビジネスホテル事業にしても――」

月岡は早々に焦点を俊太に当てようとする。

「ムーンヒルホテルは創業者である先代が、一代でホテル事業の基礎を築かれた会社ですよね」

小里は、そんな話には興味がないとばかりに、話題を強引に変える。「代が替わってあなたが社長になった途端、事業の拡大に拍車がかかった。それもホテル事業だけではありません。ウエディング、外食、ホテル事業にしても、リゾート型という日本では見られなかった分野にいち早く乗り出し、海外にも進出なさった。そして、今度

はビジネスホテルです」

「そのほとんどの事業は、この小柴の発案によるものでしてね」

小里はちらりと俊太を見たが、すぐに視線を戻すと、

「しかし、あなたの承認なくしては、何事も前に進まない。それがムーンヒルホテルグループですよね」

念を押すように訊ねる。

「それが何か？」

初対面にもかかわらず、いきなり「あなた」呼ばわりだ。しかも、詰問するかのような小里の口調に、月岡も不快感を覚えたようだ。顔から笑みが消え、硬い声で訊ね返した。

「つまり、発案者が誰であろうと、いまのムーンヒルホテルの隆盛は、あなたの経営判断があればこそ。絶対的権力を握っていればこその話だ」

「まあ、そういう見方もできるでしょうね」

月岡の肯定する言葉を聞いた、小里の目が鋭くなった。

「海外進出にあたっては、ハミルトンホテルに株式の十パーセントを持たせた。さらに、第三者割り当て増資もハミルトンホテルが引き受けた。トータルすると、実に十二パーセント強。ハミルトンホテルは大株主になったわけです。もちろん、あなた自

身も三十パーセント以上の株を保有する大株主だ。ですがね、絶対的権力を握っている経営者というのは、これだけの株を特定の第三者に保有されることを避けようとするものです」

「海外でホテル事業を拡大するためには、うちはまだまだ力が足りません。その一方で、日本人はどんどん海外に出て行く。日本人相手の大きな市場ができあがっていくというのに、指を咥えて見ているわけにはいきませんからね。世界中でホテルビジネスを行っているハミルトンをパートナーにすれば、それが可能になる。当然の経営判断だと思いますが？」

月岡は、それがどうしたとばかりに怪訝《けげん》な表情を浮かべる。

「あなたほどの人が、いくら事業拡大のためとはいえ、そんなリスクを冒しますかね」

小里ははじめて口の端を歪め、薄く笑った。

「何？」

月岡は表情を硬くして、短くいった。

「だってそうじゃありませんか。ハミルトン一社に十二パーセント強もの株を握られる。もし、彼らがその気になれば、市場で株の買い占めにかかることだってできるわけです。なんせ相手はハミルトンですからね。資金力は十分だ。十八パーセント相当の株を買い増せば、あなたと持ち株比率で並ぶ。いや、それ以前に役員だって送り込むことができるんですよ。それは、絶対的権力者としてムーンヒルホテルに君臨する、あなたの権力基盤が揺らぐということじゃありませんか」

「買い増すとおっしゃいますが、それは株を売る人間がいればの話です」

月岡は、眉を上げ首を振った。「業績が上がれば上がるほど、株価は上昇する。値上がりが見込める株を誰が手放しますか。小里さんは、まるでハミルトンがうちを乗っ取りにかかるかのようない方をしますが、私の持ち株分を含めて安定株主の保有比率は五十パーセントを超えるんです。乗っ取ることなんてできませんよ」

「なるほど、安定株主ね」

小里は含み笑いを浮かべながら茶を啜《すす》った。「確かにその通りだ。あなたが保有する株式は、三十パーセントどころの話ではありませんからね。あなた自身が保有する株を手放さない限り、ハミルトンはどう頑張ったって、過半数の株を手に入れることは不可能だ。だから安心していられるんでしょう？」

「えっ？」

月岡の顔色が変わった。

短く発した言葉から、驚きと緊張のほどが窺えた。

なんや、それどういうことや。

この男、何をいおうとしてるんや。

俊太には皆目見当がつかなかったが、月岡の表情の変化から、小里に何かただならぬ秘密を摑まれたことは明らかだ。

そして、小里が次に発した言葉を聞いて、俊太は驚愕《きょうがく》した。

「たとえば社員持ち株会。OB、現社員も含めて、株の保有者は個人名義になっていますが、実際はあなたのものが多く含まれていますよね」

俊太は、反射的に月岡を見た。

顔面から瞬く間に血の気が引いていき、凍りついたように、表情がなくなる。

こんな月岡は後にも先にも見たことがない。

内心の動揺ぶりは、傍目《はため》にも明らかだ。

「裏はすでに取ってあります」

小里は、テーブルの上に置いた書類の束の上に手を乗せる。「株式名簿管理を自社で行っている限り、第三者の名前を使っても外部の人間には分かりませんからね。上場企業のほとんどは、名簿管理は証券代行業者にやらせているのに、なぜムーンヒルホテルはそうしないのか。調べてみたら案の定だ」

月岡はこたえを返さない。

つまり、肯定したのだ。

それがどんな結果につながるのか、小里の狙いはなんなのか。

俊太は、心臓の鼓動が速くなるのを感じながら、固唾を飲んでことの成り行きを見守った。

暫しの沈黙の後、口を開いたのは小里だった。

「あなたがやっていることは、有価証券虚偽記載に問われる立派な犯罪行為じゃないですか。上場企業の経営者として、絶対に許されることではありませんよ」

有価証券虚偽記載？　犯罪行為？

尋常ではない言葉の連発に、俊太は呆然《ぼうぜん》とした。

何が始まるんや……いったい社長はどうなるんや……。会社はどうなってまうんや……。

「何が狙いだ、何をしたい」

月岡が、かろうじて声を振り絞る。

「狙いなんてありませんよ」

小里は鼻を鳴らした。「どこぞのブラックジャーナリズムじゃあるまいし、馬鹿にせんでください。不正を暴くのは、新聞社の使命だ。私にだって、ジャーナリストの矜持《きょうじ》ってものがあります」

月岡の目に絶望的な色が宿るのがはっきりと見てとれた。

小里は、改めて月岡を冷え冷えとした眼差《まなざ》しで見据えると、

「どうやら、我々の取材結果が裏付けられたようですね。これで、確証を持って記事を書けるというものです」

勝ち誇ったように、高らかな声でいった。

4

「お帰りなさい」

玄関のドアを開けた瞬間、廊下の先から文枝の声が聞こえた。

時刻は、すでに十一時半を過ぎている。

俊太の帰宅を待ち構えていたかのような反応の速さだ。

無理もないと思った。

毎朝新聞が昨日の朝刊で月岡の有価証券報告書の虚偽記載を一面トップで報じて以来、他紙はもちろん、テレビ、週刊誌が一斉に後を追い、メディアを挙げての凄《すさ》まじい取材合戦が始まった。

特に速報性において圧倒的な優位性を持つテレビは、ニュース以外にも、朝夕の情

報番組でも大きな時間を割き、今回の不祥事を詳細に報じた。

時代の流れを先読みし、世間の注目を一身に浴びながら急成長を続け、ホテル業界において不動の地位を確立したムーンヒルホテルの一大スキャンダルである。これまで斬新なコンセプトに基づくホテルが開業する度に、新規の事業に進出するごとに、特集を組んで大々的に報じ、さらには月岡の手腕に賛辞を送り、カリスマ経営者に仕立て上げたマスコミであったが、一夜にして彼らの姿勢は一変した。

まさに掌返《てのひらがえ》しといえる豹変《ひょうへん》ぶりにも驚いたが、それ以上に衝撃を受けたのは、報道の内容が有価証券報告書の虚偽記載に止《とど》まらなかったことだ。

月岡家の複雑な家族関係、親子の確執から始まり、果てはムーンヒルホテルに君臨する月岡を独裁者と断じ、グループが飛躍的成長を遂げた背景には、冷徹な人事、異論を唱える者は許さぬといった恐怖支配があったと報じる有り様だ。

月岡家の事情を知る者は少なからずいることだし、マスコミとてすでに把握していただろうが、彼らがこれまでその事実に触れなかったのは、ムーンヒルホテルがマスコミと持ちつ持たれつの関係にあったからだ。映画やドラマ、情報番組を制作するにあたっては、施設の提供、宿泊費と多大な便宜をはかってきたし、活字媒体にとっては大口の広告主だ。つまり飯の種でもあったわけだが、良好な関係が続くのも、両者にメリットがあればこそ。有価証券報告書の虚偽記載を行った企業には上場廃止という重いペナルティーが科される。企業イメージも失墜すれば、資金調達もこれまでのようにはいかぬ。早い話が、相互利益の関係が崩れることが明らかになったからには遠慮はいらぬ。水に落ちた犬は格好の餌食。とことん叩《たた》くというわけだ。

マスコミとはそんなものだといってしまえばそれまでの話だが、何よりもショックだったのは、月岡を独裁者と断じる根拠である。

『月岡は、自分に絶対的な忠誠を誓い、意のままに動く人間を重用する。異を唱えればどうなるかを見せつけるために、能力が劣るイエスマンを敢《あ》えて重職に就け、その下に仕えることを強いる。屈辱を味わいたくなければ、黙って従えというわけだ』

能力が劣るイエスマンが、誰を意味するかは明らかだ。そして、この類いの情報は、社内の人間に取材しなければ、外部には漏れない。

あんなやつが役員に就任したことが不愉快でならない。いや、我慢できない。

そう思っているのは、役員たちだけではあるまい。部長、あるいは課長クラスにだってごまんといるだろう。

だが月岡、いや会社が危機に直面したこの時に、こともあろうにマスコミに向かって、日頃の不満をぶちまける。そんな社員がムーンヒルホテルにいた。

その事実を突きつけられたことが、俊太にはショックだった。

「ただいま……」

だから、こたえる俊太の声も暗く沈む。

「お疲れ様」

文枝は労《ねぎら》いの言葉をかけてきたが、表情はやはり冴《さ》えない。

困惑、不安、狼狽《ろうばい》。どう内心を繕っていいのか、困っているように見える。

「えらいことになってもうた……」

俊太は靴を脱ぎながらネクタイを緩めた。「本社には、マスコミが殺到して、えらい騒ぎや。この騒ぎは当分の間収まらへんで」

「若旦那様は、大丈夫なの？」

文枝が不安げに訊ねてくる。

「さすがに、今回ばかりはな……。名簿を訂正して終《しま》いうわけにはいかへんからな」

俊太はため息を漏らすと、脱いだ上着を手渡した。

「じゃあ、どうなるの？」

「社長、逮捕されるかもしれへん……」

「逮捕……」

文枝は息を呑み、絶句した。

「上場企業は個人のもんやない。株主のもんやさかいな」

俊太はいった。「もちろん、株主いうても様々や。ようけ持ってる人は、それだけ金を出してはんのやし、選挙にたとえれば株のひと株は、票の一票。ひと株でも過半数を上回れば、会社はどないにでも動かせる。ムーンヒルホテルはまさにそないな状況にあったのに、それを隠して、株式市場からカネを集めてきたんや。つまり市場、株主に嘘《うそ》をついてきたんや」

「でも、若旦那様は立派に会社を大きくしてきたじゃない。株価だって上がったし、株主さんに十分満足のいく結果を出し続けてきたわけでしょ？」

文枝のいいたいことは分かる。

しかしである。

「結果の問題やないねん」

俊太は、またひとつため息をついた。「どないな事業にでもええ時もあれば、悪い時もある。株価は経営者の通信簿や。株価が落ちれば株主は損すんねん。こいつには任せておけん。代わってくれいうことになって株主総会を開いても、なぜか留任が認められるいうことになってみい。投資家を騙《だま》してカネを集めたいうことになってまうやんか」

「さ……ぎ……っていうわけ」

詐欺。

その言葉が俊太の心に突き刺さる。

事の本質は、その通りに違いないからだ。

黙った俊太に向かって、

「若旦那様が逮捕されたら、会社はどうなるの？　代わりに社長をやれる人なんているの？」

文枝は矢継ぎ早に訊ねてくる。

「そないなことわしに分かるかい」

俊太は声を荒らげた。「はっきりしてんのは、社長の退任は避けられんいうことと、ムーンヒルホテルは上場廃止いうことになる。そのふたつだけや」

「上場廃止って……どういうこと？」

「株式市場から資金を集めることができへんようになるいうことや」

俊太はこたえた。「まあ、そうはいっても、倒産したなら紙くずやけど、うちの場合は業績絶好調。ビジネスホテル事業もこれからやし、カンちゃんが担当してる海外事業もある。将来性は十分や。上場廃止になっても市場で売り買いができへんようになるだけで、個人間の売買はできるしな。それに、事業が拡大していけば、いずれ再上場いうことにもなるやろ。でもなあ、それも誰が新社長になるか次第やろな」

しかし、会社の存続と己の身の安泰は別物だと俊太は思っていた。

なぜなら、月岡の存在なくして、今日の自分はあり得なかったからだ。

誰が社長になるにせよ、月岡が敷いた路線を踏襲しながら再上場を目指すことになるのだろうが、トップに立てば独自色を出したくなるのが人間の常だ。まして、絶対権力者として君臨してきた月岡を恐るるに足らずということになれば、彼の方針に不満、疑惑を抱いていた部分を真っ先に正しにかかる。それが何かは明白だ。〈異物〉の排除である。

俊太はそう確信していた。

だが、そんなことはどうでもいい。

問題は、月岡が職を辞した後のムーンヒルホテルだ。

上場廃止ということになれば、資金の調達も簡単にはゆかぬ。かといって、再度上場を果たすためには、失った信用を取り戻すことから始めなければならない。信用とは、ムーンヒルホテルが上場企業に相応《ふさわ》しい体制を再構築することはもちろんだが、それ以上に十分な収益を上げ、洋々たる前途が開けていることを認めてもらわなければならない。

会社の再構築と、これからの事業計画。当面の間、混乱が続くであろうムーンヒルホテルで、この危機を乗り越えられるだけの能力を持った人材が果たしているのか。

そこに思いが至ると、俊太は暗澹《あんたん》たる気持ちに駆られた。

「当たり前に考えれば、梶原《かじわら》さんが社長に昇格いうことになるんやろうが、あの人も虚偽記載のことは知っとったはずやしな。それに歳《とし》が歳やし……」

梶原は月岡二代に仕えてきた人物で、現在は副社長を務めている。これといったビジネス上の実績はないらしいが、月岡の信頼は厚く、会社の実務はもちろん、ファミリーの資産管理を行っていた時代があったと聞く。謂《い》わば番頭というわけだが、月岡の取り調べが始まれば、梶原も事情聴取を受けることになるであろうから、会社の経営に専念することはできない。それに、年齢も七十五歳。まして、経営手腕に関しては皆目見当がつかないとなれば、月岡の後任としては不適格だ。

「麻生さんがいるじゃない」

文枝は、ふと思いついたようにいう。

「わしも、カンちゃんなら、社長の後任は務まる思うねんけどな……」

俊太は、軽く息をついた。

「能力、実績共に十分だし、若旦那様だって、麻生さんのことは高く買っているんでしょう？　役員にだって異例の早さで抜擢《ばってき》されて、いまは専務。副社長を飛ばして社長って、世間ではよくある話なんじゃないの？」

「それがなあ……」

俊太は肩を落としながら、またため息をついた。「カンちゃんも、社長に目ぇかけられて、若くして役員になったんや。それを面白うなく思うてる人はぎょうさんおるし、これまでは副社長が最高の出世やったんが、社長になれるかもしれへんようになったんや。そら、他の役員たちの目の色も変わんで」

「会社が大変なことになってるってのに？」

文枝は信じられないとばかりに目を丸くする。

「なんやかんやいうても社長のもと、会社が一枚岩で動いてきたいうのは幻想やったんやな。重石《おもし》が取れた途端、急に役員室の動きが忙《せわ》しのうなってな。表向きは不祥事の対策いうことになってるが、わしの見たところそうやないな。それぞれが、次期社長になれると見込んだ役員のところへ行って、何やら企《たく》んでんのや。ここで新社長になる人間のために尽力すれば、自分にも次の目が出てくるさかいな」

「派閥ができはじめてるってわけ？　それじゃ政治の世界と同じじゃない」

「そうや。政治が始まってんねん」

俊太は頷いた。「会社も政治も、てっぺん狙えるチャンスが来たら、戦が始まんねん。わしも、そのことを思い知らされたわ。ほんま、出世がかかると、人っちゅうのは本性が剝《む》き出しになるもんなんやな」

もちろん、俊太に声がかかるわけがない。

寛司は、ロスアンゼルスの合弁一号店が順調に軌道に乗って以来、二号店、三号店の出店計画が相次ぎ、ハミルトンホテルとの打ち合わせに忙殺されて頻繁にアメリカに出かける日々が続いていた。不祥事が発覚した日も、アメリカに出張中で、今後のことを相談しようにも、直接言葉を交わすことも叶《かな》わぬ状態である。

「あのな、文枝……」

俊太は向き直ると文枝の目を見詰めた。「わし、会社を辞めんとならんようになるかもしれへんで」

意外なことに文枝は驚かなかった。

黙って頷くと、

「他の役員が、あなたをどんな目で見ているかは分かっているもの。若旦那様がいなくなったら、誰が社長になるにせよ、あなたを役員に置いておくわけがないものね」

それでも、どこか寂しげな口調でこたえた。

「社長がおらんようになってもうた途端にお払い箱やなんて、独り立ちしてへんようで情けないけど、こればっかりはどないもならへんのや。誰が新社長になろうと、周りは自分の意を汲《く》む人間で固めるやろからな」

役員に相応しい仕事をしてきたという自負の念は抱いている。解任されるような理由はありはしないことも承知している。だが、人事というものが、実績だけで決まるものでないのは、紛れもない現実である。

月岡は、信賞必罰を明言し、その通り実行してきた。しかし、こうした方針を徹底する経営者は極めて稀《まれ》だ。好き嫌い、性に合う合わぬは、人間関係にはつきものだし、有能な人物とみなされても、必ずしも重用されるとは限らない。それどころか、自分の立場を脅かす存在とみなせば、早いうちに芽を摘んでおく、保身に動く上司すら組織にはごまんといるのだ。そして、こうした傾向はサラリーマン社長がトップに立つ企業で、より顕著に現れる。

俊太が望外の出世を遂げることができたのも、ムーンヒルホテルが全てのことが月岡の一存で決まるオーナー企業であればこそ。その絶対君主がいなくなり、代わりにトップに君臨するのがサラリーマン社長となれば、これまでとは全く異なる力学のもとで、人事が決定していくのは明らかだ。

「すまんな……」

俊太は頭を下げた。「いまの暮らしも維持することが難しゅうなるかもしれへんし、お前にもいろいろ苦労させることになってまうかもな……」

「そんなこと心配しなくていいわよ」

文枝は、首を振りながら笑みを浮かべた。「だって結婚した当時は、苦労は覚悟。ささやかでも、ふたりで幸せな家庭を築きたい。あなたとだったら、そういう人生が歩める。そう思ったから一緒になったのよ。それが役員夫人なんて、いい夢を見させてもらったわ。それだけでも十分よ。人生山あり谷あり。苦労を共にしてこその夫婦じゃない」

「文枝……」

どうやら、本心からの言葉のようだ。

俊太は、胸に温かいものがこみ上げてくるのを感じながら、語尾を濁した。

「それより、その時が来たらどうするの？　二年や三年はびくともしないだけの蓄えはあるし、慎《つつ》ましい生活をすれば、もっと長くやっていけるけど、あなたのことだもの、何か考えがあるんでしょう？」

もちろん、その考えはある。

「わし、社長と一緒にいたいねん」

俊太はいった。「生涯仕えようと決めた人やし、これで終わるような人やない。ムーンヒルホテルを追われても、絶対再起を図ると思うねん。もし、社長にその気があるのなら、社長が許してくれはんのなら、わし、側《そば》で働きたいねん。社長と一緒に一から出直したいねん」

文枝は、目元を緩ませる。

うんうんと何度も頷くと、

「大賛成……」

感極まったようにこたえた。

瞳が潤みはじめているように見えるのは気のせいではあるまい。

「私だって、若旦那様には恩があるもの。一生かかっても返しきれない。その気持ちに変わりはないわ。何ひとつとして不自由なさらない人だから、恩を返そうにも返せない。ずっとそう思ってきたけれど、その時が来たのかもしれないわね。あなたが、側で若旦那様を支える。私はあなたを支える。到底返せるご恩じゃないけれど、わずかでも力になれれば、苦労のしがいもあるってものだわ」

「ありがとう……。ほんま、文枝はわしに過ぎた女房や……」

俊太もまた目頭が熱くなるのを覚えた。

見つめ合うふたりの間に、暫しの沈黙があった。

温かな沈黙であったが、文枝はふと思いついたように、

「でも、今回の虚偽記載って、どうして外に漏れたのかしら」

一転して怪訝な表情を浮かべ、ぽつりといった。

「新聞記者は株主名簿を洗ったいうてたで。自社で管理しとる上場企業は数えるほどしかないいうて——」

「それ、本当なのかしら」

文枝は小首を傾げる。

「どういうことや」

「だって、株主なんてそれこそ大変な数がいるわけでしょう？　まして、若旦那様のものだった株って、ＯＢや社員持ち株会とか、会社関係者のものが大半だって新聞に書いてあったわ。いままで、ムーンヒルホテルは不祥事なんて起こしたことはないし、それどころか業績絶好調。事業規模だって拡大する一方の絵に描いたような優良企業じゃない。そんな会社に目をつけて、いちいち名簿に名前が挙がっている人間を調べるものかしら。新聞記者って、そんなに暇なもんなのかしら」

確かにいわれてみればというやつだ。

考え込んだ俊太に向かって、文枝は続ける。

「ノンフィクションや小説を読んでると、新聞や週刊誌の記者って、タレコミがあって動く。裏付けを取ってみたら、その通りだった。それがスキャンダルに発展するってケースがほとんどのような気がするの。火のないところに煙は立たないっていうけど、そう考えればよ――」

「火を起こしたやつがいる……ちゅうことか」

俊太は、文枝の言葉を先回りしながら、顔が強張るのを覚えた。

まるで、俊太の顔を鏡写しにしたように、文枝も表情を硬くする。

だとしたら、そいつは間違いなく社内の人間だ。しかも、その人間の目的は、絶対権力者としてムーンヒルホテルに君臨する月岡の追い落とし以外にあり得ない。

そんな人間、いや、裏切り者が社内にいるのか。

だとすれば、それは誰だ。月岡を追い落として、何をしようというのだ。

そこに思いが至ると、俊太は底知れぬ恐怖と煮え滾《たぎ》るような怒りを覚えた。

許せない——。そんなやつは絶対に許せない——。

かといって、この自分に何ができる。

握りしめた拳に力が入った。

やり場のない怒りと、無力感、そしてもどかしさが俊太の胸中で渦を巻く。

拳がぶるぶると震えるのを感じながら、俊太はその場に佇《たたず》んだ。

5

「全ては計画通りに運んでいます。月岡の逮捕が時間の問題なら、ムーンヒルホテルの株価も連日ストップ安。あとは、上場廃止と同時に、次のアクションを起こすだけです。執行猶予がついても有罪判決は免れない。その上、資産も手放さざるを得ないとなれば、どうあがいたって再起なんてできませんよ」

ロスアンゼルス・ハミルトン・ムーンヒルホテルのレストランの個室で、ハミルトン親子を前にした寛司は、そういい放つなりシャンペングラスに手を伸ばした。

謀反を起こすと決めたからには、徹底的にやらねばならない。

わずかでも情にほだされ手を緩めれば、返り討ちに遭うのが謀反である。それは歴史を紐解《ひもと》けば明らかだ。完膚なきまでに叩きのめし、もはや再起不能な状態に追い込まずして謀反の成功はあり得ない。

「ツキオカもさぞや驚いただろうね」

デビッドが愉快そうに目元を緩ませる。「株主名簿に虚偽がある。この秘密を知る者は、社内でもごく限られた人間だけ。それも、自分に絶対的忠誠を誓った人間しかいないはずなのに、突然新聞記者に質《ただ》されたんだ。天国から地獄に叩き落とされるとは正にこのことだな」

「日本の歴史では、絶対的権力者に謀反を起こすのは、腹心中の腹心であることが多いんです。なぜだと思います？」

寛司はシャンペンに口をつけると、こたえを待たずに続けた。「君主が間違いを犯そうとしているのを未然に防ごうと諫言《かんげん》しても、聞く耳を持たないからです。そんな君主のおかげで、滅びた国は枚挙に暇《いとま》がありません。だから、考える力、先を見通す力を持つ腹心が謀反を起こすんです。国は君主だけのものじゃありませんからね。会社だって同じですよ。経営者の判断ミスで会社が滅びようものなら、迷惑を被るのはなんの罪もない社員たちです。それを未然に防ぐのは、役員たる者の義務ってもんです」

取ってつけたような理屈であることは、自分でも分かっている。

しかし、そうとでもいわなければ、義なき謀反。ただの裏切り者になってしまう。ましてや、謀反を起こすに至った動機が、あの男に仕えることになるのは我慢ならない、それを防ぐ手段はただひとつ、月岡の首を取ること以外になかったなどとは、口が裂けてもいえるわけがない。

ドヤで燻《くすぶ》っていたあの男をすくい上げてやったのは、親友の弟、まして自分を兄と慕う人間が道を踏み外し、堕《お》ちていく様を見るのは忍びない。裕福とはいえないまでも、せめて真っ当な人生を歩ませたいという純粋な思いからだ。

かといって、最終学歴が中卒では紹介できる職業は限られている。そこで川霧の下足番を世話したわけだ。

ドヤで暮らしていた頃のあの男の行状を思えば、長く続くわけがないと思った。かといって、すぐに辞められたのでは立場がない。だから「石の上にも三年だ」ともっともらしい説教を垂れたわけだが、意外なことにあの男はそれを愚直なまでに守った挙句、社長に見込まれ運転手になった。やがてムーンヒルホテルの社員となり、管理職——。

あのテンが。

正直、嬉しかった。

中卒のあの男が、実力ひとつでこれほどまでの出世を遂げるとは。何よりも家庭を持ち、子供を持ち、人並み以上の人生を送れるようになったことが心底嬉しかった。

そんな気持ちになれたのも、これ以上の出世はない。いや、そもそもが、課長にまでなったこと自体、出来すぎ、奇跡以外の何物でもないと思えばこそだ。

ところがだ。

あの男は新規事業を打ち出しては、ことごとく成功を収め、やがて子会社の社長に、さらには本社の役員にまで昇り詰め、いまや自分を追い抜こうという勢いだ。しかも月岡は、あの男を後継者のひとりと考えていることを明言した。

誰を次期社長に据えるかは、月岡の意向次第だ。異を唱えることは許されない。まして、あの男が手がけるビジネスホテル事業は順調に軌道に乗り、ムーンヒルホテルの新たな基幹事業になろうとしている。

このままでは、次期社長の座をあの男に攫《さら》われてしまう。それも、自分が会社に引き入れた男にだ。

　そんな馬鹿なことがあっていいのかと思った。自分が手を差し伸べなかったら、一生ドヤから這《は》い上がることができなかったであろうチンピラまがいの人間が、こともあろうに俺の上に立つ。しかも、あの男は、とてつもない強運と、商才を持ち合わせている。その才を開くきっかけを作ってやったのが自分であることを思うと、それがまた我慢できなかったのだ。

　そんな内心の思いを胸に押しとどめるように、またひと口シャンペンを口にすると、

「株主名簿の虚偽記載は先代社長が行ったことでしてね」

　寛司はいった。「上場すれば創業者は莫大《ばくだい》な富を得られますが、それも持ち株を売却すればの話。富と引き換えに、会社の経営に第三者が口を挟める余地が生じます。上場は創業者の夢ですが、会社を自分の意のままに動かせる体制は絶対に崩したくはないと考えるものです。そこで、先代は社員持ち株会やOBの名前を使い、自己株の所有比率を低く見せることにしたわけですが、こんな手口が通用したのも、名簿管理を自社で行う会社が多い時代であればこそ。時代は変わったんです。発覚するのは時間の問題だということは、月岡だって分かっていたはずです。なのに彼は、なんの対策も講じてこなかった」

「対策を講じなかったというより、対策が見つからなかったんじゃないのかな」

ロバートがいった。「名簿に記載された株主に株を持たせようと思えば、カネが動くからね。持ち株会やOBが、それだけの資金を持っているとは思えないし、仮に持っていたとしても、今度はツキオカに巨額のカネが入るんだ。当然申告義務が生ずるわけだし、税務署にだってなんのカネかを説明しなければならなくなるからね」

「確かに――」

寛司は頷いた。「いずれにしても、虚偽記載が発覚するのは、時間の問題だったわけですが、その時ムーンヒルホテルは絶対的権限を振るってきた船長がいない船と化すわけです。月岡はカリスマ経営者として世に広く知られる人物です。ムーンヒルホテルの急成長は、事業、経営者双方に世間が抱くイメージ作りに成功したことが最大の要因のひとつです。そのイメージが毀損された上に、上場廃止は避けられないとなれば、株価は暴落。借入金への金利負担が重くのしかかり、業績は一気に悪化する。つまり、時限爆弾を抱えていることを知りつつも、コンティンジェンシープランを持たぬまま、月岡は闇雲に事業拡大に邁進《まいしん》してきたわけです」

コンティンジェンシープランとは、予期せぬ事態に備えて、予《あらかじ》め定めておく緊急事態対応策のことだ。これもまた、己の謀反を正当化するための方便ではあるのだが、一片の真実は含まれている。

株主名簿の虚偽記載を寛司が知ったのは、経営管理部に籍を置いていた時代のことだが、再三早期のうちに対策を講じる必要があると進言しても、これといった対策が見出せぬまま放置されてきたのだ。

ならば、発覚した時の策を立てておくべきなのだが、月岡の関心はもっぱら事業拡大にあり、こちらも放置。かくして、今日の事態を迎えるに至ったというわけだ。

「コンティンジェンシープランね」

デビッドが苦笑する。「発覚すれば命取りになると分かっている爆弾を抱えながら、なんら策を講じない。そんな経営者と心中するつもりはない。それで君は我々に取引を申し出たというわけかね」

「ムーンヒルホテルを守る、いや少なくとも現在の事業を維持し、さらに発展させていくためには、この手しかなかったんですよ。従業員を路頭に迷わせないためにもね。部下の生活を守る。それも役員の責務には違いないんですから」

寛司は、苦渋の決断だったといわんばかりに、声のトーンを低くしながら視線を落とした。

「株価は不祥事が発覚して以来、連日のストップ安。最高値から三十パーセント以上も値を下げた。だが、この勢いはいずれ鈍る。一旦は上場廃止になっても、ムーンヒルホテルは必ず復活する。むしろ株価が安くなったいまが買い時だと考えている投資家がそろそろ出て来る頃だし、おそらく、銀行や大口取引先も同じように考えるだろうからね。何しろ、ホテル事業は好調。ビジネスホテルに至っては、まだまだ成長の余地が十分過ぎるくらいに残されている。ツキオカがいなくなっても、まだまだムーンヒルホテルは安泰だ」

「だからこそ、次のプランを打たなければならないのです」

寛司は、言葉に力を込めた。「今回の株価の値下がりの原因は、虚偽記載にあることは明白です。そして、月岡はそれを承知の上で放置してきた。つまり、真っ当な経営を行ってきたのなら、株価はまだまだ上昇し続けたはずなんです。さらなる株の分割だって見込めたでしょう。今回の暴落によって、ハミルトンホテルは大損害を被った。損害賠償請求訴訟を起こせば必ず勝訴する。その時、誰がそのカネを支払うかといえば、月岡。カネを作るためには株を売るしかありませんからね」

「そいつをファンドを使って安値で買い叩き、後にイロをつけた上で我々のものにすれば、ムーンヒルホテルをハミルトン傘下に置くことができるよな」

デビッドは目に貪欲な光を浮かべると、口が裂けそうな笑みを宿した。

「こうした不祥事で、損害賠償請求訴訟が起きたケースは日本ではほとんどありませんが、その分だけ効果は絶大ですよ。まして、月岡の所有株が安値で買い叩かれるとなれば、再上場を期待していた株主だって、先を争って株を手放しにかかるでしょう。それは、銀行、大口取引先といった安定株主だって同じです」

「そのことごとくをファンドに買わせ、半分を上回ったところで、我々が引き取れば――」

含み笑いを浮かべながら、ロバートが口を開いた。

「一転、ムーンヒルホテルの株の価値は上昇する。なんせ、世界に冠たる大ホテルグループが経営権を握るんですからね。ビジネスホテル、海外展開をハミルトンのもとで拡大していけば、再上場の際にはいままでの最高値を更新する初値がついたって不思議じゃありませんよ」

「もし、そうなれば、君は最大の功労者だ」

デビッドは目を細めると、「なんせ、格安でムーンヒルホテルを傘下にできる上に、莫大な含み益を我々にもたらすことになるんだ。約束通り、君をハミルトンホテルに喜んで迎えるよ。もちろん、傘下になったムーンヒルホテルの社長としてね」

満足そうに頷き、高らかに明言した。

「ありがとうございます」

寛司は、グラスを掲げると軽く頭を下げた。

月岡の命運は尽きた。

会社を意のままに操れるのも、支配可能な株式を握っていればこそ。月岡家が莫大な資産を持っていることは事実だが、その大半はムーンヒルホテルの株式によるものだ。その株価が下がったところに、ハミルトンホテルが損害賠償請求訴訟を起こせば、銀行もまた貸付金の回収に走る。それどころか、ハミルトンに続けとばかりに損害賠償請求訴訟を起こすことだってあり得る。その額がどれほどのものになるのかはいまのところ分からないが、株の現物を差し出すか、あるいは売却して得られた現金を以《もっ》て賠償する以外に術《すべ》はない。

それ以前に、有価証券報告書の虚偽記載は経営者にあるまじき行為だ。

月岡の社長辞任はもはや秒読み段階。誰が後任になろうと、ハミルトンホテルの傘下になった時点で社長の座は自分のものだ。

その時、小里にムーンヒルホテルの秘密を漏らしたのが誰であったのか。さすがに月岡も気づくだろうが、もはやなす術はない。それどころか、後任を決める段階で、自分が新社長に指名されることもあり得ないわけではない。

安定株主は、銀行や大小様々の有力取引先企業だが、株式の保有比率は大企業が圧倒的多数を占める。新社長を選出するにあたって、彼らの意向は無視できない。となれば、選定基準はまずは現在のポジション、いまに至るまでの実績、年齢と様々だが、学歴も重視されるはずだ。ポジション、実績、年齢の三点において、現在の役員の中で自分に近いのはあの男だけ。しかし、あいつには学歴がない。銀行や大企業の人間から見れば、あの男はやはり〈異物〉。端から検討に値せずということになるに決まっている。

もし、そうなれば、願ってもない展開だ。なぜなら、誰が小里に情報を漏らしたのか。その謎のこたえを永遠に葬り去ることができるからだ。

「アソウさん」

デビッドが改めて呼びかける。「改めていうまでもないが、我々はポジションに相応しい働きを求める。百パーセントのコストパフォーマンスは及第点。それ以上でもなければそれ以下でもない。逆にいえば、百パーセント以上のコストパフォーマンスを上げればそれに相応しいトリートメントを与えるということでもある」

デビッドのいうトリートメントが何を意味するかは明らかだ。

報酬である。

「承知しています。それがアメリカ企業の流儀だということも――」

寛司はいった。

「そして、優れた業績を挙げた人間には、さらなる挑戦の機会を与える。それも直ちにだ。年齢、国籍は考慮の対象外。つまり、今後の働き如何《いかん》では、本社のボードメンバーに名を連ねることも夢じゃないってことだ。だから、ムーンヒルホテルの社長になったくらいで満足してはいかんよ。さらなる高みを目指して、仕事に励むことだ」

デビッドは、鋭い眼差しを向けてくると、「パレスの住人になると、見える世界が変わると皆一様にいうからね」

ふふっと笑った。

寛司は背筋が粟立《あわだ》つような興奮を覚えた。

パレスとは、ロスアンゼルスにあるハミルトンホテルの本社、最上階にある役員フロアーのことだ。まだ、一度たりとも足を踏み入れたことはないが、世界最大級のホテルグループの役員室である。眼下にロスアンゼルスの広大な街を見ながら、世界規模の事業を指揮するメンバーの中に名を連ねるのは、ホテル業界に身を置く者の夢だ。

「お言葉肝に銘じて——」

そうこたえた寛司に向かって、デビッドは満足そうに頷くと、

「では、改めて乾杯といこうじゃないか」

ロバートに目をやった。

シャンペンが三人のグラスを満たしたところで、

「君の前途に幸運があらんことを——」

デビッドが音頭を取る。

涼やかな音を立てて、三人のグラスが触れ合う。

金色のシャンペンの中に立ち上る無数の微細な泡が、間接照明の光を浴びて華やかな煌《きら》めきを放つ。

寛司には、それが己の輝かしい未来を祝福する花火のように思えた。

忝《TEN》の章

【忝】

地位や名誉を傷つける。

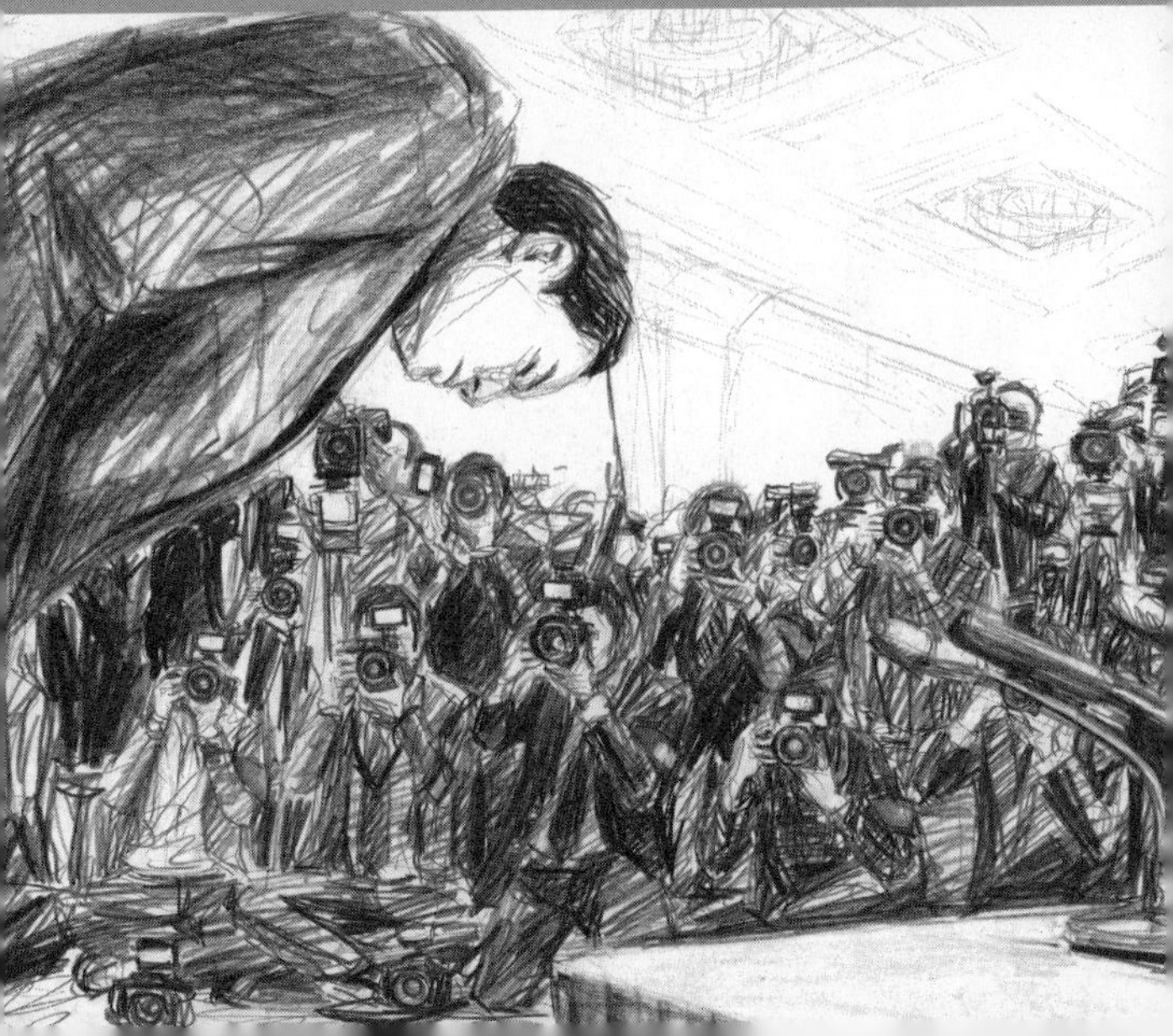

1

そこに、かつての月岡の面影はなかった。

テレビ画面に映っているのは、今日の午前中に行われた記者会見の様子である。

虚偽記載が毎朝新聞で報じられてひと月が経《た》つ。

この間、マスコミの報道は収まるどころか、日を追うごとにエスカレートする一方となった。それこそ虚実ないまぜ。確たる裏を取ることもなく、ここぞとばかりに飛ばしまくる。もっとも、そのことごとくが虚報であればいいのだが、中には真実も含まれているから性質《たち》が悪い。

その典型的な例が大門会《だいもんかい》とのつながりだ。

磯川《いそかわ》はすでに亡いが、大門会は年一度の総会を相変わらずムーンヒルホテルで開いていた。磯川との付き合いは先代の時代に始まったことだが、その一点の事実を元に、あることないことを書き立てたのだ。

曰《いわ》く、先代が一代にして現在のムーンヒルホテルの礎を築いた背景には、ホテル建設の際の用地確保に大門会の動きがあったとか、上場後も株主総会がただの一度も荒れることなく終えられたのは、大門会が総会屋に睨《にら》みをきかせてきたからだといった具合にだ。

前者はともかく、そもそも株の名義を偽装した目的は、ムーンヒルホテルの絶対的支配権を月岡家が維持するためにあったのだ。つまり、総会屋がどんな行動に打って出ようが、総会前に過半数を超える委任状を集めているのだから無視することができる。大門会の力を借りる必要などないことは、少し考えれば分かりそうなものだが、一度疑念を抱こうものなら、まだ暴かれてはいない秘密があると見るのが世間というものだ。

『本日午前、有価証券虚偽記載問題で揺れているムーンヒルホテルの月岡光隆《みつたか》社長の記者会見が行われました』

ホテルの宴会場の一室に設けられた会見場にひとりで現れた月岡は、着席することもなく、そのまま直立不動の姿勢を取ると、

「この度は、株主様、お客様、そして世間の皆様の信頼を裏切る行為を働きましたこと、この場を借りて深くお詫《わ》びいたします」

深々と頭を下げた。

その瞬間、ひっきりなしに瞬いていたフラッシュが、怒濤《どとう》のようなシャッター音と共に一斉に光り、画面が白くなった。

画面が切り替わり、着席した月岡が発するコメントが流れ出す。

「今回の責任を取りまして、私はムーンヒルホテルグループの経営から一切身を引きます。後任についてはまだ決まってはおりませんが、株主様、お客様、世間の皆様の信頼を一刻も早く回復すべく、最善の体制を以《もっ》て臨む所存です」

淀《よど》みなく、毅然《きぜん》とした態度で話す月岡ではあったが、さすがに憔悴《しょうすい》の色は隠せない。

続いて画面は記者の質問の場面に変わったが、もはや見るに忍びない。

俊太はテレビの電源を切った。

役員室の中に静寂が訪れた。

スキャンダル発覚後、月岡とは一度も言葉を交わしていない。いや、姿さえ見かけてはいない。小耳に挟んだところによると、月岡はほとんど出社することなく、自宅で弁護士と今後の対応策を練っているらしい。

それも無理はない。

すでに東京地検が有価証券虚偽記載容疑で捜査に動いており、月岡自身も何度か事情聴取を受けているとマスコミが報じていたし、ここに来て逮捕間近という見方も出てきた。

いったい、どないなんのやろ。わし、何ができるんやろ……。

会社を去る覚悟はできている。

気になるのは、月岡のこれからだ。

月岡が卓越した能力を持つ経営者であったことに疑いの余地はない。しかし、彼の場合、経営者としての能力を存分に発揮できたのも、先代が築き上げた会社があればこそ。生まれながらにして、後を継ぐことが決まっていたからだ。

その全てを失おうという時、果たして月岡に、ゼロから再起を図る気力はあるのか、能力はあるのか。彼がこれから歩む道は、間違いなく荊《いばら》の道となるであろうし、いままでとは比較にならないエネルギーが必要になる。

もちろん、あくまでも月岡の側《そば》に仕え、支えていきたい。その決意に変わりはない。

だが、それも本人にその気があればの話である。

思いがそこに至ると、ため息が漏れた。

電話が鳴ったのはその時だ。

短く二度ずつ鳴るのは内線である。

「はい……」

俊太は受話器を取り上げるなりこたえた。

「すまんが、部屋に来てくれるか」

名前を確かめるまでもない。月岡の声だ。「いますぐにだ」

「はい！」

俊太は受話器を置くと、上着を身につけ部屋を出た。

社長室は目と鼻の先だ。

それでも小走りに廊下を駆けた俊太だったが、胸中は複雑だ。

月岡に会える。まして、直接言葉を交わすことができるのは嬉《うれ》しいが、自分を呼びつけて何を話すのか。まして、辞任の意思表示を行った当日にである。

敗軍の将は兵を語らずというが、月岡は泣き言めいたことは絶対に口にしない男だ。まして過去を振り返り、経営者としての名声を恣《ほしいまま》にしてきた日々を懐かしむような男でもない。

とすれば……。

そや、敗軍の将といえばなんの本やったか、同じような言葉があったで。敗軍の将は以て勇をいうべからず。亡国の大夫《たいふ》は以て存を図るべからず。滅んだ国の家老は、国の存立を考えるべきやないいうことや。

やっぱり、後任社長を選定する過程で、わしの処遇が問題になったんやないやろか。誰が新社長になるにしても、役員をそのままにしとったら、世間に示しがつかん。人を入れ替えるいうなら、真っ先に候補に上がるのはわしや。社長はわしを引き立てた張本人や。自ら引導を渡すつもりとちゃうやろか……。

元より覚悟はできている。

俊太は社長室のドアをノックした。

「入れ」

中から月岡の声がこたえた。

「失礼します」

俊太はドアを開けた。

月岡はひとりではなかった。

部屋の中央に置かれた応接セットのソファーに、月岡と向かい合って座るひとりの男がいた。

歳《とし》の頃は六十歳前後か。オールバックに固めた頭髪。血色はいい。細身の体に見るからに高価そうなスーツをまとった姿からは一分の隙も窺《うかが》えない。

男は銀縁眼鏡の下の大きな目で、まるで俊太を値踏みするかのように、じろりと一《いち》瞥《べつ》すると、ゆっくりとした所作で立ち上がり名乗った。

「はじめまして。帝都銀行の大坪《おおつぼ》です」

仰天した。

銀行の人間とはとんと縁がないが、帝都銀行はムーンヒルホテルのメインバンクだ。サシで月岡と会える人物といえば、頭取の大坪克正《かつまさ》に違いない。

「は、はじめまして。小柴でございます」

俊太は慌てて頭を下げると、「ちょっ、ちょっとお待ちいただけますでしょうか。名刺を持ってこなかったもので……」

すぐに踵《きびす》を返そうとした。

「いいんだ。名刺の交換はしなくていい。ちょっとお前を交えて話をしたいことがある」

月岡は俊太を制すると、「まあ、そこに座れ」

空いたソファーを目で指した。

いったい何事や。

怪訝《けげん》な気持ちを抱きながら、俊太が腰を下ろすと、

「テン、お前を呼んだのは他でもない。俺の後任についてだ」

月岡は切り出した。「俺はそう遠からず逮捕される。執行猶予はつくだろうが、有罪は免れないし、俺自身も控訴して争う気はさらさらない。つまり、前科持ちになるわけだ」

「前科持ちって……」

当たり前の話だが、そんな言葉が実際に月岡の口から出ると、やはり重みが違う。

俊太は、胸が重苦しくなるのを感じながら言葉を呑《の》んだ。

「しかも経済事犯だ。そんな経営者の復帰を許すほど世間は甘くはない。マスコミの

中には、誰が次期社長になったとしても月岡は院政を敷き、これから先もムーンヒルホテルを支配するつもりだと報じる向きもあるが、そんなつもりはない。俺は、事業の一切からすっぱりと手を引くと決めた」

穏やかな口調だった。

経緯を考えれば、無念、未練と覚える感情はいくらでもあるだろうに、そんな気配は微塵《みじん》もない。達観しているというか、どこか他人事《ひとごと》のような口ぶりですらある。

それが、俊太には切なかった。

「社長……」

思わず漏らした俊太に向かって、

「だがな、そうはいっても会社の今後は気にかかる」

月岡は続けた。「親父《おやじ》がやったこととはいえ、不正を承知で放置してきたんだ。責任を問われるのは当然なんだが、トップに君臨してきた人間の不祥事で、会社、ひいては従業員の人生が狂うことだけは断じてあってはならない。そのためには、ムーンヒルホテルが名実共に生まれ変わったことを世間に認めてもらわなければならない。そこでまずは手はじめとして、俺は持ち株の一定数を売却することを決めた。その一定数を引き受けるのが帝都銀行。よって、次期社長は帝都銀行から出してもらうことになった」

「そうですか……」

やっぱり――と俊太は思った。

会社が名実共に生まれ変わったことを世間に認めてもらうためには、役員の刷新も不可欠だ。それを告げるためだったのだ。

「もっとも株を手放した、社長が替わった程度ではブランドイメージの回復は難しい。月岡色を払拭するためには、大幅な役員の入れ替えが必要だ」

果たして月岡はいう。「誰を残し、誰を入れるかは、新社長の仕事になるが、お前には引き続き役員に留《とど》まってもらうことになった」

「わしに留任せいいわはるんですか？」

俊太は耳を疑った。

銀行というところは、学歴主義の典型的な業界だ。役員を大幅に替えるというからには、真っ先に解任されても不思議ではないのに、いったいこれはどういうわけだ。

「月岡さんの強い要望でしてね」

大坪が代わってこたえた。「ウエディング事業、球場建設、それにビジネスホテルと、いまやムーンヒルホテルの中核事業のことごとくを発案し、成功に導いたのは、小柴さんだとおっしゃる。新社長には、ムーンヒルホテルを再生する十分な能力を持った人間を就任させることはいうまでもありませんが、経営というものはマネージメント能力に長《た》けているだけでは務まりません。大切なのは、事業を創出する力、それをものにする力なんです。銀行にそんな能力を持った人間がいるのか？　そもそも、そんな能力を持った人間が役員になるまで銀行に残るのか？　月岡さんにそういわれたら、返す言葉がありませんでね」

大坪は、苦笑を浮かべる。

「もったいないお言葉やと思います」

俊太はいった。「でも、わし、決意したんです。社長が辞めはんのなら、わしも会社を辞めます。思う存分働かせてもらえたんも、役員にまでなれたんも、全ては社長がチャンスを与えてくださったからです。社長には恩があります。わし、その恩をちっとも返しとらへんのです。そやし、わし、これから先も社長の側で仕えたいんです」

黙って俊太の言葉に聞き入る月岡の目前で、大坪が目を丸くして、驚きを露《あら》わにする。

無理もない。役員に名を連ねるのは、サラリーマンの夢だ。地位にしがみつこうという人間はいても、自ら進んで君主に殉ずる人間などいようはずもないからだ。

「わし、さっき、テレビのニュースで社長の辞任会見を見ました」

俊太は続けた。「立派やったと思います。いいたいことは山ほどあったやろうに、弁解は一切せん。何に書いてあったかは忘れてしまいましたが、敗軍の将は以て勇をいうべからずいう言葉があります。社長はそれを実行しはったんです。でも、この言葉には続きがあります。亡国の大夫は以て存を図るべからず。わしかて、ムーンヒルホテルの家老のひとりですわ。会社が新体制のもとで生まれ変わるいうなら、わしが残るのは――」

「テンよ」

俊太の言葉を月岡が遮った。「お前の気持ちは有り難いがな、俺がいま、心底望んでいるのは、ムーンヒルホテルグループがこれから先も成長を続けていくことなんだ。新体制のもとで、新しい目標を掲げ、社員が一丸となって働く。そして、努力して成果を挙げた社員は必ずや報われる。そんな会社であり続けることなんだ。お前は、俺に恩義を感じているようだが、それは違うぞ。俺は別にお前に特別目をかけてきたわけじゃない。誰よりも優れた功績を挙げた。だからそれに相応《ふさわ》しいポジションを与えたに過ぎないんだ。期待にこたえられなければ、容赦なく切り捨てる。それが俺の流儀だってことを、お前も知ってるだろ」

確かに、その通りかもしれない。

しかし、そういわれても、すぐに納得できるものではない。

俊太は返す言葉が見つからず、口を噤《つぐ》んだ。

「敗軍の将は以て勇をいうべからずか」

月岡はふっと笑うと、『史記』の淮陰侯《わいいんこう》を引用してくるとは、運転手をやってた頃から比べりゃ、大した学を身につけたもんだが、その言葉をここで使うのは間違いだ。敗軍の将は以て勇を語らずってのはその通りだが、その軍を会社に置き換えれば、別にムーンヒルホテルが潰れちまったわけじゃない。城主が勝手にこけちまっただけだ。会社はまだ立派に存在してるし、これから体制を立て直そうってんだぞ。新しい城主を誰が支えるかっていやあ、大夫じゃねえか。ホテル業界のビジネスを全く知らない素人に経営を一任しちまうのは危険だ。それを納得してくれたからこそ、大坪さんもお前の留任に賛成してくれたんだ」

諭すような口調でいった。

「そら分かります。そやけど――」

「それにな、お前は俺の側で仕えたいっていうが、いったい何をやろうってんだ?」

そう訊《たず》ねられても、こたえられるわけがない。

月岡は、ふっと息を漏らすといった。

「残念だが、テンよ。俺は新しい事業を起こす気持ちはない。今回の件を以て、引退だ」

「引退って……そしたら、毎日何しはるんですか」

「やるこたあ、たくさんあるさ。代を継いでからは、ヨットやゴルフにうつつを抜かしている時間なんてなかったからな。どうしてもっていうなら、付き合わせてもいいんだが、そんな生活にお前が耐えられるわけねえだろ?」

月岡は、さすがに寂しそうに笑うと、「もっとも、今回の件では安定株主の皆さんには、大変な迷惑をかけた。株価の暴落で、多額の含み損を抱えさせてしまったからな。本来なら、損害賠償請求訴訟を起こされても仕方がないところだが、皆さん、ムーンヒルホテルが再び上場する日が来ることを信じて、株は手放さない。そうおっしゃってくださったんだ。それはなぜだか分かるか?」

一転して問いかける言葉に力を込めた。

俊太は首を振った。

「小柴さん。その大きな理由のひとつは、あなたの手がけられたビジネスホテル事業が、ますます大きなビジネスになる。ムーンヒルホテルには、成長の余地がまだまだ十分にある。そう考えているからです」

大坪が代わってこたえた。「小柴さんは、月岡さんを救ったんです。もし、この事業がなかったら、我々だって黙っちゃいません。損害賠償請求訴訟を起こしましたよ。月岡さんがそれに応じるためには、株を売却したカネを当てるか、あるいは株の現物を以て弁済するしかなかったわけです。うちが月岡さんの所有株の買収に応じたのも、再上場の暁には、買取価格を遥《はる》かに上回る初値がつくと思えばこそ。我々だって、目論見《もくろみ》ってものがあるんです。いまここで、あなたに抜けられたら、私も困るんですよ」

「その点からいえば、お前は十分な恩返しをしたってことになるんだが、それでもまだ返しちゃいないと思っているなら、再上場を目指して会社のために働くことだ。恩を返したと思うなら、俺に殉ずる理由はない。つまり、どっちにしたって、お前は会社を辞めるこたあねえんだよ。麻生とふたりで、新社長のもとで存分に働け」

　恩を返し終えた、返し足りぬ。どちらにしても結論は同じ。

なんだか、禅問答のようで、いいくるめられてしまった気になったが、それよりも寛司の名前が出たことで、俊太の気持ちが一変した。

「カンちゃんも、留任しはるんですか？」

「ああ」

　月岡は頷《うなず》いた。「ハミルトンとの合弁事業の将来性を株主の皆さんが認めてくださってね。ハミルトンとの事業は麻生の功績だ。いまここであいつに抜けられたら困る。大坪さんも、それを理解してお前と麻生、ふたりの留任は認める。そうおっしゃってくださったんだ」

「カンちゃんは、そのことを知ってはるんですか？」

「さっき決まったばかりだぞ。帰国後に、俺の口から伝えるよ」

月岡は、力の籠もった声でいう。「これからは、麻生とお前が中心になってムーンヒルホテルを引っ張っていくんだ。お前らふたりは兄弟同然の仲だ。最強のコンビには違いないんだからな。麻生も、お前が残ると聞いたら、さぞや喜ぶだろう」

運命とは面白いものだと俊太は思った。

同じドヤ育ち、兄と慕い、自分がここで働くきっかけを作ってくれた寛司と、ふたりして新しいムーンヒルホテルを築き上げる命を授かる日が来るとは――。

月岡が会社を去ることへの寂しさ、無念は、拭い去ることはできない。だが、その一方で、猛烈な闘志が胸中にこみ上げてくる。

「精一杯やらしてもらいます！　会社をますます繁栄させることが、社長の恩に報いることになるいわはんのなら、わし……」

なぜだか分からない。

急に胸にこみ上げるものを感ずると、目頭が熱くなり、俊太は絶句した。

社長への恩は、一生かかっても返せるもんやない。それに恩いうなら、カンちゃんにもある。これからは、カンちゃんを支えていかなならん。

俊太は、涙を必死の思いで堪《こら》え、決意を新たにした。

しかし、そんな俊太の思いとは裏腹に、事態は思わぬ展開を迎えることになったのである。

2

それは月岡が退任してから、八カ月が過ぎた頃に起きた。

帝都銀行専務からムーンヒルホテルの社長に転じた北畑智成《きたはたともなり》が就任早々取り掛かったのは役員人事だった。実に三割もの役員が入れ替わるという大改革であったのだが、寛司は副社長、俊太は専務にと昇格し、北畑を支える重要な役割を担うことになった。

北畑はホテル経営に関してはずぶの素人だ。

海外事業担当を外れた寛司は、北畑と共に経営全般を指揮する立場になったわけだが、月岡が引退を決めた以上、これが何を意味するかは明らかだ。

いずれ寛司が北畑の後継者として、社長に就任することが濃厚になったと見て間違いあるまい。

海外に出かける機会がなくなり、本社での仕事が大半ということになれば、顔を合わせる機会が格段に増す。ましてビジネスホテルは、再上場を目指す上で肝となる事業だ。俊太が寛司の部屋を訪ね、寛司が俊太の部屋を訪ねているうちに、ふたりの距離は以前のように縮まった。

月岡が去った寂しさは拭えないものの、寛司と共に会社の舵取《かじと》りを担うことになった。それが俊太には心底嬉しい。

「月岡さんが相談したいことがあるそうでね。急な話だが、麻生君と一緒に今夜自宅に来てほしいというんだ」

北畑を通じて月岡の依頼を告げられたのは、そんな最中《さなか》のことだった。

証券取引法違反で逮捕されてから五ヵ月。保釈され、判決待ちの身ということもあって、社長の座を退いてからは、一度も会っていない。

どんな生活を送っているのか。元気でいるのだろうか。

月岡のことは常に頭の中にある。

俊太がふたつ返事で応じたことはいうまでもない。

元麻布の自宅には、寛司の社用車で向かった。

黒塗りのクラウンの後部座席に並んで座る寛司が、

「まさか、俺たちにこんな日が来るとはなあ」

感慨深げに口を開いたのは、車が走り出した直後のことだ。「ドヤ育ちの俺たちが、いまやムーンヒルホテルの副社長と専務だ。ほんと、人の一生には何が起こるか分かんねえもんだな……」

「ほんまやなあ……」

俊太も本心から応じた。

ドヤで荒《すさ》んだ日々を送っていた自分が、どうしてここまで昇り詰められたのか――。もし、旋盤工としての道を真面目に歩んでいたなら。当たり屋稼業に身を落としていなければ。あの日、寛司と会っていなければ。

何かひとつでも欠けていたなら、こんな日がやってくることはなかったのだ、という思いを抱いたことは何度もある。

「まあ、カンちゃんは一流の大学出てはるし、ドヤ育ちいうても中卒のわしとは大違いや。偉《えろ》うなっても不思議やないけど、自分のことを考えると、わし、ほんま怖なることがあんねん。わしがまともな人間やっても――」

そう続けた俊太の言葉を遮って、

「お前がそう思うのも無理はないさ。俺だって同じ気持ちになることがあるからな」

寛司はしみじみとした口調でいった。「もし、家が大学に行かせる余裕がなかったら。社長が同じ教室の先輩でなかったら。そりゃあ、俺の家はドヤの中では金持ちだ。だがな、世間にはあの程度のゼニを持ってる家はごまんとある。生まれついた環境を恨めしく思ったこともあれば、失敗もしたし、挫折もあった。なんで思い通りになららないんだ。いったい俺はどうなるんだ。途方に暮れる思いに駆られたこともある」

そんなことは初めて聞いた。

「カンちゃんが？」

「だけどな、いまになって振り返ってみると、なるほどそういうことだったのか。俺がドヤに生まれついたのも、あの失敗や挫折があったのも、全てはこうなるためだったのか。人生ってのはうまくできているもんだなって思うようになってな」

寛司は視線を落とし、ふっと笑った。「人生が思い通りに行くやつなんて、この世にはいやしないんだよ。失敗や挫折にも意味がある。人生のレールはあらかじめ敷かれてんだよ。もちろん、当の本人にはそれが分からない。なぜなら、レールを敷いたのは神様だからだ」

「なるほどなあ……わしらは、神様が敷いたレールの上を走ってるだけか……」

寛司の言葉がすとんと胸に落ちる。

「だがな、テン」

寛司は口を結び一瞬の間を置くと続けた。「そう思えるのは幸せな人間なんだぜ。神様は万人に優しいってわけじゃない。この世を呪い、神様を恨むような人生を送る人だって大勢いるんだ。そして、いつ冷酷な仕打ちを下すか分からないのが神様だ。ほら、人生一寸先は闇っていうだろ？　俺たちだって、いまは日を浴びちゃいるが、いつ闇の中に叩《たた》き落とされたって不思議じゃないんだぜ」

その言葉に俊太ははっとなって、思わず寛司に目をやった。

いつの間にか寛司は横目でこちらの顔を見ている。

暗く沈んだ瞳だ。それでいて得体の知れない何かが瞳の奥で冷たい光を放っている。

話の内容が自戒を込めたものだけに、そうした気持ちの表われなのかもしれないが、同じ瞳の表情をどこかで見たことがある。

それは、どこだ——。

しかし、俊太が記憶を辿《たど》るより早く、寛司はすぐに視線を元に戻すと、

「社長を見ていると、そのことがよく分かる」

小さな吐息を漏らす。「あの人は、銀の匙《さじ》を咥《くわ》えて生まれてきた人だ。生まれついたその日から、将来ムーンヒルホテルを率いることを宿命づけられ、帝王学を学び、見事日本一のホテルグループに育て上げた。富も名声も地位も得た。これ以上望むべくもない人生を歩んできたんだ。それが一瞬にして暗転。会社を追われ、いまや判決待ちの被告人の身だ。誰がこんな運命が社長に待ち受けているなんて思うよ」

「そやなあ……。ほんま神様は残酷なことをするもんや……」

「もっとも社長の場合、堕《お》ちたとはいっても地位を失っただけで、暮らし向きが変わるわけじゃないから、まだマシだ。だがな、その点俺たちは違う。這《は》い上がってやっ

といまの地位を手にした分だけ、堕ちた時のダメージは大きい。俺の人生にも良かった時代があっただけまだマシだ、良かったといえる時代もなく終わっていく人が大半なんだから、これで十分なんて思えるわけがねえからな」

「カンちゃん、そら考えすぎやで。どう考えたって、昔のような生活に戻るわけないし、収入が減ったら減ったで、身の丈に合わせた生活をすればええだけやん。そら、カンちゃんとこは裕福やったけど、ドヤの中での話いうたやん。ここまで来たら、堕ちたいうても、ドヤにいた時に比べれば――」

「その身の丈に合わせた生活ってやつを、いつの間にかしちまってるからいってんだよ」

寛司は眉間に皺《しわ》を刻み、首を振った。「会社だって大きくなるに従って、従業員も増えればオフィスだって大きくなる。つまり固定費がその分だけ膨らんでいくだろ？　暮らしだって同じだ。収入が増えりゃ、それ相応の家を買う。子供だって学費が高い私立に行かせんだろうが。家がでかくなれば、光熱費もかかる。別荘だ、車だってやってたら、維持費もかかる。気がつけば、減らそうにも減らせない固定費がかかる生活をしちまってるんだよ」

「わし、別荘なんて持ってへんし」

「お前のことをいってるんじゃねえよ。一般論としていってるんだ」

寛司は少し苛《いら》ついた口調でいった。「たとえば、一千万の貯金があるといやあ、年収二百万やそこらの人は、十分じゃねえかっていうよな。だがな、三千万あったカネが一千万になっちまったら、『しか』ないって気持ちになるんだよ。収入はがた減りする。貯金は増えない。減る一方。なのに、固定費がいままで通りにかかるってことになったらどうなるよ。なまじ、いい暮らしをしちまったがゆえに、元に戻すのは難しくなるもんなんだ。身の丈に合った暮らしをすればなんてのは、カネを持ったことがねえやつがいうことだ」

「そやなあ……」

俊太は語尾を濁した。

月岡の側に仕えたいといった時、文枝は慎《つつ》ましい生活をすれば、当分の間はなんとかなるといった。決して贅沢《ぜいたく》をしているわけではないが、収入が増えればそれに応じた暮らし向きになってもいるし、母親には十分な暮らしができるだけの仕送りもしている。慎ましくとはいっても、減らすに減らせぬ固定費がそれなりに生じているのは確かである。

「俺たちだって、どうなるか分かんねえぞ。今回の騒動はまだ終わっちゃいない。社長が大株主であり続けるのは変わらないとしても、これだけの事件になったからには、もはや会社の経営に口出しはできない。となれば、誰が力を持つんだよ。現に新社長は帝都銀行から迎え入れたし、役員の三割はいきなり退任だ。そして一旦社長になれば、独自色を出したくなるのが経営者だ。古株は邪魔だとばかりに、残党狩りが始まったって不思議じゃないんだぞ」

それは違う。

寛司は、月岡の真意を知らないようだ。

自分たちふたりが、解任どころか昇進できたのは、月岡の強い意向によるもので、大坪がその意向を汲《く》んだからこそだ。

俊太は事の経緯を話そうとしたが、芝から元麻布はわずかな距離だ。早くも、月岡の屋敷の門が行く手に見えてきた。

「面倒な話じゃねえといいがな……」

寛司が呟《つぶや》くと同時に、車が止まった。

3

懐かしい光景だった。

門を入ってすぐのところには、かつて運転手を務めていた時代に暮らしていた部屋がそのまま残っている。

もっとも、長い年月を経たいま、人が住んでいる形跡はなく、部屋に続く小径《こみち》も伸びた枝葉に遮られ、薄汚れたドアの一部が見えるだけだ。

ここで暮らし、ここで文枝に出会った。

いまの自分に至る道のりは、ここから始まったのだと思うと、俊太の脳裏にあの時代の情景が鮮明に蘇《よみがえ》る。

しかし、感傷に浸る時間はない。

邸内を歩き、玄関に入ると、お手伝いの女性の案内で、ふたりは応接室に入った。

「おう、久しぶりだな」

上座に座る月岡が、ひょいと片手を上げた。

明るい声だ。顔色もいい。

「社長……」

それ以上の言葉が出ない。

絶句した俊太に向かって、

「社長はねえだろ。北畑さんを前にして、失礼じゃねえか」

月岡は、苦笑いを浮かべる。

その通りには違いないのだが、かといってなんと呼べばいいのか、適切な言葉が浮かばない。

「オーナーでいいんじゃないですか。会社が月岡さんのものであることには変わりないんですから」

そういったのは、大坪である。

月岡に目が行ったせいで気がつかなかったが、部屋の中には他に三人の男がいた。

大坪と北畑、残るひとりには会った記憶がない。

「麻生は大坪さんに会うのははじめてだったな」

月岡は寛司に問いかけ、「帝都銀行の大坪頭取だ」と紹介した。

ふたりが名刺を交わし終えたところで、

「そして、弁護士の山城《やまじょう》さんだ」

月岡は、残るひとりを紹介した。

差し出された名刺には、「山城国際弁護士事務所・カリフォルニア州弁護士・山城茂《しげる》」とある。

銀行の頭取に弁護士って、何が始まるんや。

裁判のことなら自分たちには関係ないし、かといって他に思い当たる節はない。

ますます以て、この会合の目的が分からなくなる。

「ふたりとも、そこに座れ」

月岡は椅子を勧めると、「実は、損害賠償請求訴訟が持ち上がってな」一転して、重い口調で切り出した。

「損害賠償請求訴訟って……なんのことです？」

俊太は思わず問い返した。

「今回の件が発覚した途端、うちの株価は暴落だ。原因は株主名簿の虚偽記載。インチキした俺に、損失分を支払えってわけだ」

「そやけど、再上場した暁には、株価はいままで以上に上がる。株主の皆さんは、そう納得なさってくれはったんと違いますのん」

「国内の株主さんはな」

「えっ？」

「訴訟を起こしたのは、ハミルトンホテルだ」

月岡は硬い声でいい、「今回の件は麻生を通じて説明させたが、ハミルトンは、はっきりとした見解は示さなかった。そうだよな？」と、寛司に問うた。

「ええ……。しかし、まさかいきなり訴訟を起こすとは……」

顔を強張《こわば》らせる寛司の様子からすると、どうやら相当に深刻な事態のようだ。

「アメリカは、不正に厳しい社会ですからね。それに、ビジネスにも極めてシビアだし、不利益を被ろうものなら、これまでの経緯などなかったように掌《てのひら》を返すのがアメリカ企業です。経営も日本とは違って短期的視点で見ますからね。再上場よりも、まずは落とし前をつけろ。話はそれからだってところなんでしょうね」

表情を曇らせる大坪に続いて、山城が口を開いた。

「これはただの損害賠償請求訴訟ではないと思うのです」

「といいますと？」

問い返したのは寛司だ。

「大坪さんがおっしゃったように、アメリカ企業は損得に極めて敏感です。カネへの執着は凄《すさ》まじいものがありますし、相手の窮地は絶好の好機。取れるものはとことん毟《むし》り取ろうとするのが常です。そう考えると、今回の訴訟の目的は、損害賠償のみにあらず。もうひとつ別の狙いがあるように思えるんです」

「別のと申しますと？」

寛司は先を促す。

「この機に乗じて、ムーンヒルホテルを傘下に置くことを狙っているんじゃないかと――」

室内が重苦しい沈黙に包まれた。

山城は続ける。

「ハミルトンホテルは世界各国で事業を展開していますが、アジアには一店舗もありませんもちろん現時点では、ビジネスになりそうな国が限られていることもありますが、アジアの中では日本は突出して豊かな国であり、巨大な市場です。政治も安定していれば、これから先も経済が成長し続けるのも間違いない。大変魅力的な市場と映っているはずです」

「ムーンヒルホテルは、日本一のホテルグループ。ましてビジネスホテル事業は、まだまだ拡大の余地が残されている。しかも、こちらはハミルトンホテルのノウハウを導入もしていれば、海外で合弁事業を行ってもいる。何よりもハミルトンは、すでにムーンヒルホテルの株を大量に所有していますからね。傘下に置くには、理想的な条件が揃《そろ》っているんですよ」

腕組みをする大坪は、思案するように天井を見る。

「しかし、株の過半数以上は、社……いやオーナーのもんやないですか。オーナーが手放さなんだら——」

「理屈の上ではその通りなんですが、もしハミルトンの狙いがそこにあるとしたら、彼らにはまだ手が残されているんです」

「アメリカでの訴訟ですね」

山城の言葉に反応する寛司の声に緊張感が籠もる。

「間違いなく、この訴訟はハミルトンの主張が認められるでしょう」

山城は頷く。「賠償額はオーナーの資産でカバーすることは可能でしょうが、ムーンヒルホテルとハミルトンは、双方の名前を冠したホテル事業も合弁で行っているわけです」

「事業は順調に行っとるやないですか。ハミルトンには、何ひとつ迷惑かけとらへんやないですか」

「小柴さん。理屈なんていくらでもつけられるんですよ。それがアメリカの訴訟の恐ろしいところなんです」

山城は冷ややかな声でこたえた。「不正を隠してハミルトンの名前を冠した合弁事業契約を結んだ。こんなことを行っている会社だと、事前に知っていたら、ハミルトンはムーンヒルホテルをパートナーには選ばなかった。おかげでハミルトンのブランドイメージは毀損されてしまった」

「そないアホな話がありますかいな。客が寄り付かんようになってもうたいうならともかく、影響は全くないのに、それでブランドイメージが毀損されたって、どないして証明するんですか？　難癖そのものやないですか」

「ですから、難癖が通るのがアメリカの訴訟なんですよ」

山城は、ぴしゃりと返してくる。

「分かります」

同意したのは寛司だった。「アメリカで訴訟を起こすにあたっては、合弁事業の解消を通達してくると見るべきです。そうすれば、事業を始めるまでに費やした時間、マンパワー、投下資金、それにかかる金利、毀損されたブランドイメージへの損害賠償。ありとあらゆるものをぶち込めますからね」

しかし、俊太には納得がいかない。

「なんで資金だとか、金利だとかが訴訟の対象になるんですか。開業したホテルを閉めなならんいうわけやあるまいし、イメージが悪うなったいうんやったら、うちの名前外せばええだけですやん」

声を荒らげた俊太に向かって、

「さっき、山城さんがおっしゃっただろ。取れるもんはとことん毟り取るのがアメリカ企業だって」

寛司は、分からんやつだといいたげに、俊太を横目で睨む。「まして、アメリカの裁判は陪審制だ。法律に素人の、抽選で選ばれた一般市民が有罪、無罪を決めるんだ。それも、弁護士同士のやり取りを聞いてだぞ。山城さんには失礼だが、要は弁の立つ弁護士を抱えた方が勝つんだ。ハミルトンは、名うての弁護士をわんさか抱えているし、まして日本企業相手の訴訟となりゃ、判決が限りなく満額回答になるのは目に見えている」

「満額回答って……なんぼになりますのん……」

「それは実際に訴訟が起きてみないと分かりませんが、日本人の常識からは考えられない額になるのは間違いありません。一流企業にはそれ相応の社会的責任が伴うと考えられているのがアメリカですからね。信に背いたとなれば、とてつもないペナルティーを科せられるのが通例なんです」

話を聞くだに恐ろしい相手と組んだものだ、と俊太は思った。その一方で、こんな深刻な話をなぜ自分たちに聞かせるのか、ここに呼ばれた理由がますます分からなくなった。

「アメリカで訴訟が起き、ハミルトン勝訴となれば、莫大《ばくだい》な賠償金の支払いが生じます」

山城は続ける。「最終的に誰がそのカネを用立てるかとなれば、月岡さんです。かといって、現金だけでは足りるかどうかは分かりません。となれば月岡さんが保有している株式を売却して賠償金を捻出するか、あるいはハミルトンに譲渡するかしか道はない。いずれにしても、ムーンヒルホテルの経営基盤が根底から覆る可能性が出てくるわけです」

「お前たちを呼んだのは、そうなった場合のことを話しておきたかったからなんだ」

月岡が口を開いた。「ハミルトンがアメリカで損害賠償請求訴訟を起こせば、国内の株主も動揺する。上場廃止になったにもかかわらず、皆さんがいままで通り、株を持っていてくださるのは、必ずムーンヒルホテルに再上場する日が来る、そう思っているからだ。だが、ハミルトンの傘下になれば、再上場はまずあり得ない」

なんで、そないなことがいえるんやろ。再上場時にいままで以上の値がつけば、ハミルトンが所持した株の価値は格段に増すやないか。それは、資金の調達が格段に楽になるということとちゃうんか。

「ハミルトンはアメリカの株式市場だけでも、十分な資金を調達できますからね」

俊太が口を開くより先に、寛司がいった。「まして、損害賠償の対価として、うちの株を手に入れたとなれば、事実上びた一文使うことなく、優良企業を買収したことになる。ハミルトンの株価は、間違いなく跳ね上がるでしょうからね」

俊太は愕然《がくぜん》として言葉を失った。

びた一文使うことなくって……。それも、実害があったわけやない。難癖そのものの理屈をつけて、欲しいものを手に入れるって、まるでヤクザやないか。いや、ヤクザかてこんなあくどいことはせえへんで。

「そうなれば、日本の株主さんだって躊躇《ちゅうちょ》しない。損得となれば、人が豹変《ひょうへん》するのは洋の東西を問わない。一斉に損害賠償請求訴訟を起こすだろうからな」

月岡は重いため息を漏らしながら寛司を見ると、「麻生のいう通りだったな。ハミ

ルトンとの合弁事業を行うにあたって、アメリカ人を甘く見ない方がいいっていった

お前の忠告は正しかったよ……」

力なく目を伏せ、悄然《しょうぜん》と肩を落とした。

月岡のこんな姿ははじめて見る。

「何をいうとんのです！」

切なさもあった。悲しさもあった。ハミルトンの狙いのあまりの浅ましさに怒りを覚えたせいもある。

「まだ起こされてもいないアメリカでの訴訟のことを、あれこれ考えたってしょうがないやないですか。いま、わしらが考えなならんのは、ムーンヒルホテルを一日も早く再上場させることとちゃいますのん」

俊太は内心に渦を巻く、複雑な思いを言葉に込め、月岡に激しく迫った。

「それはそうなんだが、ハミルトンの狙いが山城さんの読み通りだとすれば、彼らがどんな手段を講じてでも目的を遂げようとするのは間違いないんだ」

「目的を遂げるためなら手段を選ばないのがアメリカ人なら、彼らは冒険、ギャンブル、ファイト――戦いが大好きなんです。成功した時に得られる対価が大きければ大きいほど、周到な準備を行った上で戦いを仕掛けてくる。それが顕著に現れるのが訴訟なんです」

異論を口にする人間がひとりも現れないところを見ると、どうやらいまの山城の説明は、自分に向けられたものであるようだ。

「小柴さん」

果たして、山城は俊太に向かっていった。「第二次世界大戦のことを考えてみてください。諸説ありますが、アメリカは日本が開戦に踏み切ることを知っていたと私は思っています。その上で、真珠湾を攻撃させた。つまり、不正行為を働かせたわけです。それが、アメリカ人の怒りを掻《か》き立てた。戦争が始まってもすぐに反撃に出なかったのは、態勢が完璧に整うまでに準備が必要だったからです。あの人たちを甘く見てはいけません。やるからには徹底的、かつ容赦なくやる。勝利を収めるまでの、道筋がはっきりついてから行動を起こす。それがアメリカ人なんです」

室内を再び重苦しい沈黙が満たす。

「オーナー。ひとつお訊《き》きしていいでしょうか」

口を開いたのは寛司だった。

寛司はじっと月岡の目を見ると、驚くべき質問を投げかけた。

「オーナーは、これからのムーンヒルホテルはどうあるべきだと考えていらっしゃるのですか？　引退にあたっては、経営には一切タッチしないと宣言なさった。事実、ムーンヒルホテルは北畑さんを社長に迎え、新体制のもとスタートを切りました。ですが、今回の一件で株の一部を帝都銀行さんに売却したとはいえ、オーナーが圧倒的多数の株を持つ、大株主であるという構図は変わってはいません。つまり、引退したとはいえ、その気になればムーンヒルホテルを支配できる立場にあることに変わりはないのです。この体制をいかにして維持するかが、一番の望みなのでしょうか。それとも他に、望んでいるものがおありなのでしょうか」

ただでさえ重苦しかった部屋の空気が凍りつく。

寛司が発した問いかけが、今回の事態収拾にあたって、はからずも生じてしまった歪《いびつ》な経営体制の本質をついていたからだ。誰も触れない、いや触れてはならない、タブーに正面から切り込んだからでもある。

「俺は……」

暫《しば》しの沈黙の後、月岡は重い声でいった。「ムーンヒルホテルグループが、このまま成長を続け、他の追随を許さない日本一のホテルグループの地位を揺るぎないものとし、やがては世界一のホテルグループに成長してほしいと願っている」

「でしたらハミルトンの傘下に入れば、夢の実現にはむしろ早道。そう考えることもできると思いますが？」

「傘下に置いた会社を、いままで通りにしておく経営者がいると思うか？」

月岡は、片眉を吊《つ》り上げると、続けていった。「ハミルトンにはハミルトンのやり方ってものがある。事業戦略も変われば、仕事のやり方も、組織だって変わる。経営者の思い通りに会社を動かそうとするなら、経営陣も入れ替えるだろう。そして、経営トップはアメリカ人だ。となれば、ムーンヒルホテルは全てアメリカの流儀で動く会社になるわけだ」

月岡は、そこで一旦言葉を区切ると、

「経営権を握られるってのはな、国を取られたのも同然なんだ。城という器は残っても、家臣はそうはいかない。新しい領主が真っ先に首を挿《す》げ替えにかかるのは、お前たち役員だ」

激しい言葉で断じた。

「ハミルトンはそれほど愚かな会社ではないと思いますよ」

寛司は動ずる様子もなく、落ち着いた口調で返した。

「何？」

「彼らは海外での事業の仕方を熟知しています。考えてもみてください。世界中で事業を展開しているハミルトンが、なぜこれまで日本に出て来なかったのか。合弁事業を行うにあたって、なぜ株の持ち合いを条件にしたのか」

月岡は言葉を返さなかった。

鼻から深い息を漏らすと、ソファーの背もたれに身を預ける。

寛司は続ける。

「日本が大きな市場であることは、彼らも熟知しています。しかし、日本のビジネス環境は独特なんです。まず英語が通じません。本国からマネージャーを派遣しても、従業員と意思の疎通が図れないのでは会社の体をなしません。英語が話せる日本人をマネージャーに据えても、アメリカの流儀がそのまま通じる社会でもない。それは、ビジネスホテルを始める際にハミルトンからマニュアルの提供を受けましたが、多くの部分を日本流にアレンジしなければならなかったことからも明らかです。それどころか、我々が改良したマニュアルを、逆にハミルトンが取り入れているではありませんか」

「つまり、ムーンヒルホテルを傘下に収めても、会社の経営形態には手をつけない。日本人に経営を任せると、麻生さんは考えているわけですか」

大坪が、念を押すような口ぶりで訊ねた。

「経営形態どころか、名前すら変えないかもしれませんよ」

寛司は声に確信を込める。「日本にこれだけ定着している名前をどうして変える必要がありますか。第一、事業自体は極めて順調に推移していますし、まだまだ拡大していく可能性も十分にある。彼らの狙いが、高収益企業を手に入れることで、業績の向上を図ることにあるとすれば、結果を出し続けているものを、敢《あ》えて自分たちの色に染め上げるなんて愚を犯すとは、私には思えません」

　アメリカ企業が、どんな考え方をするのか、俊太には皆目見当がつかない。その点、寛司はアメリカで長く生活した経験を持つし、ハミルトンと共にビジネスを行ってきたのだ。いっていることは正しいのだろうが、月岡が欲しているのはそんなこたえではない。

　ムーンヒルホテルが世界一のホテルグループに成長してほしいという願いもあるにせよ、それ以上に、パートナーシップを結んだハミルトンが、相手の窮地はチャンスとばかりに、掌を返して牙を剝《む》く。そのえげつなさ、浅ましさはまさに謀反《むほん》そのもの。しかも、つけこむ隙を与えたのは己自身の不始末からだ。そこに忸怩《じくじ》たる思いと、やり場のない怒りを覚えているのだ。

　もはや、呼称などどうでもいい。

「社長！」

　俊太はいった。「会社の名前が残るかどうか、経営体制がどうなるかなんて、どうでもええ話です。アメリカではどうだか知りませんが、日本ではやってええことと悪いことっちゅうもんがあります。ハミルトンがやろうとしていることは、ビジネスの上では正しいのかもしれません。そやけど、一緒にやろうと契りを結んだ相手の窮地につけこんで、一切合切を奪い取ろういう魂胆は、わしは許されるもんやないと思います。こんなことがまかり通るなら――」

「じゃあ、お前に策はあるのか」

言葉を遮る寛司の声は冷静だ。「山城さんがおっしゃるように、日本での裁判に勝ち目はない。アメリカで訴訟が起これば、まず間違いなく負ける。そして、誰がそのカネを支払うかとなれば被告。オーナーなんだ」

そのカネを用立てるには、株を売り払って調達するか、株の現物を差し出すしかないといいたいのだろう。

そんなことは分かっている。

「そやったら、判決が確定する前に、再上場を果たせばええやん」

考えがあっていったわけではない。言葉が先に出ただけだ。「裁判は三審制やんか。地方で負けたら高裁、最高裁と上告していけば、判決が確定するまで長い年月がかかるやん。その間に業績が順調に伸びて再上場を果たせば、ハミルトンが持っとる株の価値かて跳ね上がるやんか。そうなれば――」

「そんなことは、ここにいる皆さんは承知してるよ。分かってないのは、お前だけだ」

寛司は、心底呆れたように深いため息を漏らすと、「一旦上場廃止になった企業の再上場までの期間は明確には定められてはいないのは確かだ。だがな、再上場を認めるにあたっては、上場廃止に至った要因が全て解決された、つまり、上場するのに相応しい会社だと認められなければならないんだよ。ムーンヒルホテルの場合、それはなんだと思う？　まずはオーナーの持ち株比率を減らすこと。そして、間違いを正した、つまり、罪を認め、償ったってことが、世間に認められなきゃならないんだ。それが、上訴すればって、そんなことしようものなら、罪を悔い改めてはいないといっているようなもんじゃねえか。それで、どうして再上場が果たせるってんだ」

憐《あわ》れむような目で、俊太を見た。

「何もかも、お前たちのいう通りだ」

月岡は、寛司と俊太の顔を交互に見ると視線を落とした。「テンがいうように、俺も人の、しかもパートナーシップを結んだ相手の窮地につけこむハミルトンのやり口は許せない。かといって、麻生のいうように、再上場で株の価値を高めるという手は使えない」

月岡は、そこで一旦言葉を区切ると、視線を上げた。「そもそも月岡家がムーンヒルホテルを経営するのは、俺が最後だと決めていた。独身を貫いたのは、子供ができれば決意が揺らぐと考えていたからだ。もはや創業家の人間が当然のように代を継ぐ時代じゃない。経営者に相応しい資質を持った人間が、会社を率いていかなければ生き残れない時代になってるんだ。確かにハミルトンの手に落ちても、ムーンヒルホテルの名前は残るかもしれない。正しい資質を持った人間が経営していくことになれば、俺の願いは叶《かな》えられるといえるだろう。だがな、ムーンヒルホテルは戦後の復興と共に成長してきた会社だ。日本の復興のシンボルだという自負の念を俺は抱いている。だから、アメリカ企業の手に落ちるのだけは避けたい。俺が見たいのは、自分が育てた人間がムーンヒルホテルを率い、ますます成長を続けていく姿なんだ」

そんな考えを抱いていたとは、はじめて知った。

月岡家に複雑な事情があることは、光子を連れて月岡家に行った際に聞かされていたが、創業家が代を継ぐことをよしとしないと自ら語る当代はまずいない。直系でなければ血縁者にと、あくまでも我が物とせんとするのが当たり前なら、月岡のいうように経営者としての正しい資質が欠如しているがゆえに、消え去った企業は数多《あまた》ある。

月岡が、ずば抜けた経営の才を持っていることには疑いの余地はない。だが、才ばかりではない。真の意味での経営とはどんなものか、企業とはどうあるべきか。確たる信念と哲学を持ち、それを体現すべく、自己の幸せすらも犠牲にしてきたことに、俊太は改めて感服した。

そして何よりも心に響いたのは、ムーンヒルホテルが日本の復興のシンボルだ、という月岡の言葉だ。

戦中の記憶はほとんどないが、戦後の貧しい時代のことは覚えている。当時のことを思えば、いまの日本の繁栄を誰が想像できただろうか。自分にしてもそうだ。あのドヤで荒《すさ》んだ生活を送っていた身に、こんな日が来るとは――。

こう考えると、ムーンヒルホテルが日本の復興と共にあるというなら、自分だって、ムーンヒルホテルの成長と共に歩んできたのだと、俊太は気がついた。

それが、こないな手段で、ハミルトンの手に落ちてまうやて？　アメ公にまんまとやられてまうやて？

あってはならないと思った。何がなんでも、阻止しなければならないと思った。

しかし、策は浮かばない。

俊太は己の無能さを思い知ったような気がして、きつく奥歯を嚙《か》んだ。

4

「専務、ちょっと妙な話を小耳に挟みまして」

浜島《はましま》が俊太の執務室を訪ねて来たのは、会合が持たれた二週間後のことだった。

いまや浜島もウエディングパレスの社長だ。俊太の担当部門ではないが、本社にやって来る度に、ここを訪ねるのが常で、話の内容はといえば、ビジネスのことであったり、世間話であったりと、雑談に等しいものに終始する。

ところが、今日はいつもとは様子が違う。

浜島の顔に笑みはない。何やら、ただならぬ気配が漂ってくる。

「なんや、その妙な話って」

「実は、うちとの取引業者に、ムーンヒルホテルの株を売ってくれないかという引き合いが来ているらしいんです」

「業者に？」

「最初にこの話を教えてくれたのは、三日月《みかづき》興産の澤野《さわの》社長なんですが、一週間ほど前に、聞いたこともない相手から、いきなり打診があったというんです」

「三日月興産いうたら、パレスが何軒か式場を借りてる貸しビル会社やったな」

浜島は頷くと、

「澤野さん、ムーンヒルホテルは再上場することはないと聞いたが本当かと、いきなり訊ねてきましてね。そんな話は知らない。どこから聞いた話なんだと問い返しましたら、ケイマンブラザースと――」

俊太の反応を窺うように語尾を濁した。

「ケイマンブラザース？　なんやそれ」

「調べたところ、アメリカの投資証券会社のようです」

俊太はぎくりとしながら、

「なんで、再上場なんかないいうねん。売ってくれへんかいうからには、理由を話したんやろ」

低い声で訊ねた。

「ハミルトンホテルが損害賠償請求訴訟を起こしたのが、その理由です」

声の変化からただならぬ気配を察したのだろう、浜島の声にも緊張感が籠もる。

「ムーンヒルホテルへの訴訟は、これだけでは終わらない。アメリカ本国でも訴訟は起きる。それも莫大な額になるはずだ。賠償金を捻出するためには、月岡前社長は、株の多くを手放さなければならない。我々は、ある会社から依頼を受けて株を買い集めている――」

そこまで聞けば察しがつく。

「株の購入を依頼した会社は、上場する気はない。あんたが持ってる株は、自分で買取先を探せなんだらカネにはならん。いまのうちに売った方が得でっせちゅうわけか」

俊太は浜島の言葉を先回りすると、「で、澤野社長はどない返事してん」

こたえを促した。

「返事は保留したそうです。だから、問い合わせてきたんですよ。本当の話なのかって」

「やっぱりそう来たか」

俊太は漏らした。

「ってことは、本当の話なんですか」

浜島は顔面を蒼白《そうはく》にしながら、身を乗り出した。

「株を買い占めようとしてるのは間違いなくハミルトンや。あいつらの訴訟の狙いは、うちを傘下に置くことやないかと、ついこの間、社長を交えた会合が持たれたばっかりでな」

俊太が事の次第を話して聞かせるうちに、蒼白だった浜島の顔に朱が差してくる。

「酷《ひど》い……酷すぎますよ」

果たして、浜島は怒りを露わに声を震わせる。「昨日の敵は今日の友って言葉がありますけど、それじゃあまるで昨日の友は今日の敵じゃないですか。大戦で日本の敗色が濃厚になった途端、日ソ中立条約を破棄し攻め込んできたソ連みたいですよ。そりゃあ、合法だし、ビジネスは食うか食われるかだっていいますけど、人の道に外れてますよ。あの人たち、信仰心に厚いって聞きますけど、よくもこんなことを平気でするもんだ」

「あいつらが信じてる神様は、許しを請えば許すんだろ。でなけりゃ、原爆落とすかよ」

俊太は捨て台詞《ぜりふ》を吐いた。「こうなったら、ぐずぐずしとられへんで。早いとこ策を打ち出さんと、あいつらの思惑通りになってまうで」

「三日月興産に話が行っているくらいです。大手企業には、もう話が行っていると見るべきでしょうからね」

あり得る話だと思った。

三日月興産は、ムーンヒルホテル同様、澤野のオーナー会社だ。利には敏《さと》いが、長年の取引先にいきなり義理を欠くような真似《まね》はまずしない。

だが、大企業となれば話は別だ。サラリーマン社長は、会社に不利益をもたらすと思えばその相手への裏切り行為も厭《いと》わない。必ずや保身に走るものだからだ。再上場が遠のいたと判断すれば、株の売却に応じる可能性は大だ。

「しかし、専務の話を聞く限り、この手際の良さは端《はな》から絵図ができていたとしか思えませんね」

浜島が漏らした。

「それや」

俊太は、顔の前に人差し指を突き立てた。「わしもな、ずっとそれを考えとってん。そもそも株主名簿の虚偽記載なんてもんに、なんで新聞記者が目をつけたんやろ。火のないところに煙は立たんいうけど、新聞記者どころか警察かて、火を見つけられんのも、立たんまでも煙の臭いを嗅ぎつければこそや。誰かが教えたとしか思えへんねん」

「密告者がいるってことですね」

「そうとしか考えられへんやろ」

「となると、目的はなんでしょう」

「分からん」

俊太は首を振った。「会社は業績絶好調。まだまだ成長する余地はある。まして、実力次第で、年齢、学歴に関係なく、結果を出せば上を目指せる。こないやり甲斐《がい》のある会社は、他にないで」

「しかしねえ、専務。うちの会社は、そうした月岡社長の経営方針を肯定的に捉えている社員ばかりではありませんよ。私だって、若くしてパレスの社長を任せられているんです。本当にやり甲斐のある会社だと思います。だけど、同期の中には面白くなく思っているやつらもいるんです。一流大学出の自分が、あんな二流、三流の大学出に先を越されるんだ。むしろ、そう思っているやつが大半かもしれません」

「そら分かるわ。中卒のわしが専務やからな……」

「ひょっとして、それかもしれませんね」

「それってなんや？」

「いや……」

浜島は口籠もる。

「なんやいうてみい」

浜島は、気まずそうに上目遣いで俊太を見ると、

「実は、専務が次期社長になるんじゃないかって、評判があったんです」

ぽつりといった。

「わしが社長？」

仰天のあまり、俊太の声が裏返った。「アホなこといいなや。わしが社長になんかなるわけないやろ」

「いや、傍《はた》から見てると十分その目があるように思えるんですよ」

浜島は、真剣な眼差《まなざ》しを向けてくる。「月岡社長には子供がいません。月岡家に連なる人を次期社長に据えるのなら、とっくの昔に会社に迎え入れ、修業させておくものなのに、月岡社長はそんな動きを一切見せない。となれば社内。それも、実績重視となれば、いの一番に候補となるのは――」

「ないない」

俊太は顔の前で手を振った。「あのな、こない大きな会社の社長となれば、外との

付き合いもあるんや。それこそ、名だたる大会社の会長、社長を相手にせなならんのやで。みんな一流大学出のエリートや。まして、社長いうのは会社の顔や。それが、中卒だなんて、世間に笑われんで」

「専務は、私のような人間からすれば希望の星ですよ。だいたい一流大学出なんて、世間じゃほんの一握り。二流三流の大学出、高卒の人間が大半なんですから」

「えっ？」

「世の中には、学歴で人の価値を推し量る風潮が確かにあります。そして、高い学を修めた人間は、将来を嘱望され、入社当初から出世しやすい仕事が与えられる。それが当然だとも考えられています。でも、これっておかしな話ですよね。履歴書ぶら下げて仕事をするわけじゃなし、本来入社から先は実力勝負であるべきなんです。そして個々の人間の才覚と熱意、執念なくして結果は出ないのが仕事なんです。それを経営者として有言実行してみせたのが月岡社長です。二流、三流と見下された人間たちにとって、実績を挙げさえすれば挽回《ばんかい》の余地はある。それどころか、役員にもなれる。ムーンヒルホテルは人生を懸けるに値する、とてつもなく魅力的な会社なんですよ」

そういえば——。

小里という新聞記者が取材に訪れた時、部屋を辞そうとした自分に月岡はこういって留まるよう命じた。

「お前の入社の経緯、いまに至るまでの経歴は、今太閤《いまたいこう》そのものだからな。こんなおいしいネタをマスコミが放っておくわけねえだろ。ムーンヒルホテルは実力、才覚次第で出世できる会社だなんて知れてみろ。世間は立身ネタが大好きだ。うちの企業イメージもますます上がれば、我こそはと思う人材が集まってくるようにもなんだろが」

「専務」

浜島の声で俊太は我に返った。「専務がそんな野心を抱いていないのはよく分かります。だから怖いんですよ」

「怖い？　わしが？」

「人間誰しも欲がある。会社に入った以上は、ひとつでも上のポジションに就くことを渇望するものです。もちろん、優れた実績を挙げずして昇進が望めないことは誰もが知っています。でも、うまくいけば良し、失敗すれば道は断たれるとなれば、自ら進んでリスクを取りにいく人間はそういません。ところが専務は違う。リスクを取ることを恐れない。そして自ら発案し、手がけた事業をことごとく成功させてきた。傍から見れば異物、いや怪物そのもの。このままでは、専務に天下を取られてしまう。そんな危機感に駆られている人間が、この会社にはいっぱいいるんですよ」

異物――。

自分という存在がそういう目で見られていることは百も承知だ。だが、それはあくまでも中卒という学歴に起因するものだと思っていたのだが、浜島の言葉を聞いて、どうやらそればかりではないことに俊太ははじめて気がついた。

新事業を提案するにあたって、失敗した時のことなど考えたことはなかった。まして、成功が昇進につながるなんて野心は、露ほども抱いたことはない。ただ、月岡の恩に報いたい。その一心で必死に知恵を絞り、懸命に働いてきただけだ。

もし、ここまでの出世を遂げた自分をひと言でいい表わす言葉があるとすれば、「無欲の勝利」となるのだろうが、欲がある人間からすれば、確かに異物に見えることだろう。

「そない思われているなんて考えもせなんだ……」

俊太はぽつりと漏らした。

「男の嫉妬ほど怖いものはないといいます」

浜島はまたしてもギョッとするような言葉を口にする。「このままでは、専務が社長になるかもしれない。しかし、後任を決めるのは月岡社長。誰も意向には逆らえない。しかも、代替わりしても会社を支配できるだけの株を握っているとなれば、反旗を翻そうものなら返り討ちにされるかもしれない。ならば、残る手段はただひとつ。月岡社長の首を取るしかないってことになりませんかね」

俊太は鳥肌立った。

人間の心の中に潜む闇を見た気がしたせいもあるが、それ以上に、なぜ株主名簿の虚偽記載を小里が掴《つか》むことができたのか、ハミルトンがこの機に乗じて株の買い占めに走っている背景が、浜島のいまの言葉で明確になった気がしたからだ。

「そやけどな、うちがハミルトンの手に落ちてもうたら、誰を社長にするかは向こうが決めることになんねんで。役員かて同じやし、経営方針、社内組織かてがらりと変わる。謀反を起こしたはええが、自分がどうなるかはハミルトン次第や。社長同様、会社辞めなあかんようになってもうたら、元も子もないやんか。そないアホなことするかいな」

「専務、それは違うと思いますよ」

浜島は眼差しに悲しげな色を浮かべると、静かに視線を落とした。「毎朝新聞に情報を漏らした人間は、ハミルトンとの間で事前に話をつけていたのではないでしょうか。ハミルトンからすれば、うちは喉から手が出るほど欲しい会社です。それを労せずして手に入れることができたとなれば大手柄。いまのポジションどころか、社長にしてやったって、ハミルトンにとってはお安い御用ってもんじゃありませんか」

まさか……と思った。

しかし、ハミルトンと密約を交わすことができ、かつ株主名簿の虚偽記載を知る人間といえば、ひとりしか思い当たらない。

あり得へん。そないなことがあるわけがない。

俊太は脳裏に浮かんだ名前を必死にかき消そうとしたが、もしそうだとしたら全て辻褄《つじつま》が合う。

心臓が重い拍動を刻む音が、耳の奥に聞こえる。嫌な汗が背中に噴き出す感覚がある。掌が、じっとりと湿り気を帯びていく。

カンちゃん、あんたなんか。カンちゃん、ほんまにそないなことやったんか……。

なんでや……。

俊太はついに脳裏に浮かんだ名前を胸の中で呟いた。

5

時間が止まった。

正面に座る月岡が、鋭い目で俊太を睨む。

瞬きもせず、瞳も微動だにしない。

その姿は、まるで彫像のようだ。

物音ひとつ聞こえない。

どれくらい時間が経ったのか。

「麻生か……」

月岡が沈黙を破った。「虚偽記載を知り、かつハミルトンと通じる人間といえば、麻生しかいない。この一連の騒動の絵を描いたのは、麻生だといいたいのか」

浜島と会ってから三日が経つ。

投資証券会社が株の購入に動き出しているからには、一刻も早く対抗策を取らねばならない。まして寛司がハミルトンに情報を流したのなら、こちらの動きは筒抜けだ。それどころか、寛司はムーンヒルホテルの全てを知っている。まさに獅子《しし》身中の虫。一刻も早く伝えなければならないところだが、躊躇したのは、やはり寛司がハミルトンと通じていると思いたくはなかったからだ。

しかし、考えれば考えるほど、そうとしか思えない。

念のため、旧知の取引先に電話をかけ、株式売却の引き合いがなかったかと探りを入れると、どんな条件を提示されたかは話さなかったものの、大半が事実を認めた。中にはいい機会だとばかりに、「うちはお断りしましたが専務、再上場は本当にできるんですよね？」と、今後の見通しを訊ねてくる者もいた。

ハミルトンの動きは、思ったよりも早い。

そこで月岡の邸宅を訪ね、浜島同様、寛司の名前を出さず、あくまでも推測として、ハミルトンと通じている者がいるのではないかと話したのだが、該当する人間といえばひとりしかいない。

肯定するのは、さすがに憚《はばか》られた。

俊太は無言のまま視線を落とした。

それがこたえだ。

「お前の気持ちは分かる。俺だって、そうは思いたくなかったからな……」

「えっ……」

俊太は視線を上げた。「社長、そしたら――」

月岡は眉間に深い皺を刻み天井を仰ぐと、苦渋に満ちた表情を浮かべ、深いため息を漏らす。

「あいつは俺が心を許せる数少ない人間、腹心中の腹心だ。株主名簿のからくりを知ってもいれば、ハミルトンと合弁事業を行うにあたっては、交渉の全てもあいつがやったんだ。なぜ、毎朝が虚偽記載を嗅ぎつけたのか。それからのハミルトンの動きと合わせて考えれば、内通者がいたとしか思えない。となれば、思い当たる人間はあいつしかいないからな……」

やはり月岡も気がついていたのだ。

しかし、そうなると寛司の動機が分からない。

寛司が重用されてきたのは確かだが、月岡は仕事に私情を挟むような人間ではない。寛司がいまの地位を得られたのも、月岡の期待にこたえる働きをし、実績を挙げ続けてきた結果である。

それは、寛司だって重々承知のはずだ。まして、社長には恩義を感じている、ムーンヒルホテルのために、身を粉にして働かなければならないと、ことあるごとに口にして憚らなかったのは誰でもない、寛司である。

「……なんで、カンちゃんが……」

俊太は思わず呟いた。

「思い当たる節がないわけじゃない」

月岡は、またひとつため息をついた。

「それは……どんな？　何かあったんですか」

月岡は俊太の顔を見つめると、一瞬の沈黙の後、

「お前だ」

といい、視線を逸《そ》らした。

「わしが？　なんでわしが？」

「実は、お前がビジネスホテルの事業プランを出してきた直後、麻生も全く同じ案を

出してきてな」

「これには伏線があってな……。お前、市営球場を建設した時のことを覚えてるか?」

はて……。

首を傾《かし》げた俊太に、月岡はいう。

「俺は、あの難題の解決策の立案を麻生に命じた。お前にも考えろとはいったが、たまたま同席していたからいってみただけで、正直、麻生にできないものが、お前にできるはずはない。そう考えていたんだ」

はっきりいうものだとは思ったが、失望は覚えなかった。

話の経緯からして、俊太自身もそうに違いないと考えていたからだ。

「麻生は無理だといった。そんな策はないと断言した」

月岡は続ける。「まあ、その通りだ。市のカネを一切使わず、球場を建設するなんて、どう考えたって無理筋の話だからな。それに俺自身、妙案が浮かばないから麻生に考えるように命じたわけだ。無理だといわれても、麻生に対する評価が変わるわけじゃない。しかし、このままでは新球場の建設は実現しない。そこで、お前にも命じていたことを思い出してな。それで念のためにと――」

「わしの出した案は、市に入る収益を先払いしただけのことで、市が建設費をびた一文使うことなく、球場を新設する方法を考えろっちゅう社長の命令とは違うもんです。実際、カンちゃんにもそないいわれて――」

「いわれた？……。じゃあお前、麻生にあのアイデアを話したのか？」

月岡は驚愕《きょうがく》したように、身を乗り出しながら、念を押すように問うてきた。

「途中までやけど。カンちゃん、随分困ってはったみたいやったんで……」

「そうか……」

月岡は確信したかのように頷くと、身を乗り出したまま続ける。「お前の出してきた案は、俺が突きつけた命題のこたえではなかったが、対案という点では満点だ。命題に百パーセント添うこたえを考えるのは大切だが、できなければできないで、命題そのものを変えるという発想も必要なんだ。お前はそれをやってのけた。麻生は酷い屈辱を味わったろうさ。ましてあの当時、お前は自ら発案した、ウエディングビジネスをムーンヒルホテルの中核事業に育て上げ、子会社の社長にもなっていたしな。このままじゃ並ばれる。焦っていたに、違いないんだ。だから、ビジネスホテル事業なんて案を出してきたわけだ」

「そやけど、社長。カンちゃんだって、同じ事業を思いついたんやし――」

月岡は、またため息をつく。

「確かに麻生の目のつけどころはよかったさ。だがな、タッチの差とはいえ、すでに同じ案を俺に持って来たやつがいるとなりゃ、いまさら何をってことになる」

月岡は、そこで遠い目をすると、「あの時、俺はこういったんだ。お前はアメリカでこの事業を思いついたっていうが、テンは球団キャンプの視察に行っただけで同じことを思いついた。いったいお前にどれだけのカネをかけてると思ってんだ。テンと同じレベルの仕事じゃ俺を満足させることはできねえんだよってな……」

自らの言葉を後悔するかのように、唇を結んだ。

そりゃあ、カンちゃん傷つくで……。何もそこまでいわんでも――。

返す言葉がない。

「そして、こうもいった」

黙った俊太に向かって、月岡は続ける。「この事業が成功すれば、あいつの大手柄だ。今後の働き如何《いかん》では、俺の後継者になるかもしれんとな」

そういうなり視線を戻し、じっと俊太を見据えた。

「後継者って……」

それが何を意味するかは明らかだが、そんな大それた野心は微塵も抱いたことがなかっただけに、俄《にわ》かにはぴんとこない。

俊太はぽかんと口を開けて、言葉を呑んだ。

「決まってるだろ、次期社長だ」

「そないなこと、あるわけないでしょう。いくらなんでも、わしが社長やなんて」

俊太は首を振りながら、思わず苦笑した。

ところが、そんな言葉は耳に入らないとばかりに、

「俺は真剣に考えていたよ」

月岡は断言する。そして、どこか悲しげな表情を瞳に宿すと、

「お前は、麻生の上に立つなんてことは考えたことすらないだろうが、麻生にしてみりゃ、ただでさえも球場建設の一件で、お前に負けてんだ。なんとかして新しい事業をものにしなければと、必死の思いで考えついたビジネスホテルでもお前に先を越されたとなりゃ、次期社長の目は潰《つい》えたも同然だ。実際、お前は、球場建設の功績を以て本社の役員に昇進したじゃないか。信賞必罰、論功行賞は俺の経営理念のひとつだ。お前との差は、ないも同然。このままでは、本当にお前が社長になるかもしれない。そんなことになろうものなら、麻生が我慢できるか？　あいつがお前の下で働くなんて耐えられると思うか？」

こたえは聞くまでもないとばかりに、目を閉じた。

本社の役員に就任した直後から、自分に対する寛司の態度がなぜよそよそしくなったのか。その謎が、いま解けた。

俊太は返す言葉もなく俯《うつむ》いた。

ない」

「下足番とはいえ職を世話してやったのは、ドヤでろくでもねえ暮らしをしていたお前の将来を麻生が心底心配していたからだ。その気持ちは純粋なものだったには違いない」

月岡の声が頭上から聞こえる。「だがな、それもこれも、どう逆立ちしたって、お前が自分を脅かす存在になるとは考えられなかったからだ」

これも、また反論する言葉が見つからない。

俯く頭の角度が深くなる。

「同じ土俵に立って、勝負する存在になることすらもな」

月岡の声に、諦念というか、悲しみというか、えもいわれぬ複雑な感情が籠もる。

「人間ってのは悲しいもんでな。自分を脅かすことはない人間には優しくもなれれば慈悲深くもなれるが、脅威になると思った瞬間、敵とみなすようになるんだよ。まして、お前がいまの地位を手にするきっかけを作ったのは麻生自身だぞ」

「でも、わしとカンちゃんとではモノが違います。第一、カンちゃんは立派な大学を出てはるけど、わしは――」

「その学歴ってやつが、麻生にとっては唯一の拠《よ》り所だったのかもしれないな」

ぽつりと漏らした月岡の言葉に、

「えっ……」

俊太は思わず顔を上げた。

「世間じゃ人間は皆平等っていうが、そんなものは嘘《うそ》っぱちだ。職業、学歴、様々な尺度で人を見て序列化する。相手が持っていないものを自分は持っている。優《まさ》るものを見つけると、それだけで上に立った気分になるんだよ。そして、同格、あるいは劣るとなると、最終的に目を向けるのが出自だ」

月岡はやるせないとばかりに首を振る。「世の中は差別だらけだ。ドヤに生まれたってだけで、色眼鏡で見るやつが世の中には少なからずいる。いわれなき差別を受ける人間が這い上がるには、まずは学を修めることだ。多分、麻生は若くしてそれに気づき、そして学歴を手にした」

月岡は、そこで暫しの間を置くと、

「実はな、テン。俺が麻生を会社に引っ張ったのは、まさにその出自ってもんが理由のひとつだったんだよ」

すっと視線を落とした。

「生まれ育ちを理由に色眼鏡で見る世の中は間違うとる。社長にそないいわれて会社に誘われたと、カンちゃん、いうてはりました」

「確かに俺はそういって、麻生を誘った。だがな、本当の理由は、傷ひとつないピカピカのエリートよりも、実力はあるのに自分ではどうすることもできない負い目を背負っている人間にチャンスを与えてやれば、死に物狂いで仕事に取り組み、目覚ましい働きをするに違いない。そう思ったからなんだ」

「実際、その通りになったわけやないですか。カンちゃんは、社長の期待にこたえて、目覚ましい働きをした。そやさかい、若くして役員にもなったわけやないですか」

「それもこれも、大学に進めたからだ。少なくとも、学歴という点では、同期の社員と優るとも劣らない勲章を手に入れていたからだ。そうじゃなかったら、親父が会社を牛耳っていた時代のことだ、ただの大学出じゃ採用されることはなかったろうさ。ところがお前は違う。学歴と実力は別ものだ。地位は力で勝ち取るものだと麻生に突きつけたんだ。麻生にしてみりゃ、こんな現実は到底受け入れられるもんじゃないよ」

「わし……」

俊太は悲しくなった。「わし……カンちゃんを差し置いて、偉うなろうなんて、これっぽっちも考えたことはなかったし……なんや、そういわれると、わしが会社に入らなんだら、社長もこないなことにはならへんかったやろうし、カンちゃんかていずれ社長に――」

「お前がいなかったら、いまのムーンヒルホテルはない」

月岡は断言すると、「これも運命ってもんだ。過去を振り返って、もしなんてことをいっても、起きちまったことは変えられない。考えるだけ無駄だ」

決意のこもった目で、俊太を見た。

カンちゃんをどないするつもりなんやろ。

そこに思いが至ると、今度は恐怖を覚えた。

「そやけど、社長。いまの時点では、虚偽記載を知り、ハミルトンとつながる人間は、カンちゃんしかおらへんいうことだけで、裏切ったっちゅう証拠はないんです。可能性だけでは――」

「分かってる」

月岡は、ぐいとまた身を乗り出すと、「それについては俺に考えがある」

誰が聞いているというわけでもないのに、声を潜めた。

6

月岡は、考えを明かさなかった。

どうやら謀反を起こしたのが寛司であるかどうかを自ら確かめるつもりであるらしい。

もっとも、確証を得ても、問題が解決するわけではない。

すでに投資証券会社が株式の買収に動き出している上に、口では売らないといっておきながら、売却交渉に応じている、あるいは売却してしまった株主だっていないとは限らない。まして、アメリカで損害賠償請求訴訟を起こされようものなら、額によって月岡は株の現物か、あるいは持ち株を売却したカネを以て、賠償に応じなければならなくなるかもしれないのだ。

そうなれば、ハミルトンの思う壺《つぼ》だ。

しかし、どうしたらそれを防げるのかとなると、これといった策が浮かばない。

「はあ〜」

ため息が漏れたのは、月岡と会って一週間、自宅で夕食を済ませた直後のことだ。

「どうしたの、ため息なんかついて」

日が変わろうという時刻である。

文枝が、ほうじ茶を淹《い》れながら訊ねてきた。

「ややこしいことになってんねん」

俊太はこたえた。

「やっぱり、何か起きたのね」

文枝は顔を曇らせる。

この一週間は、極端に帰りが遅い。それも素面《しらふ》での帰宅となれば、難しい問題に俊太が直面していることを察していただろうに、それを敢えて訊ねてこないところがいかにも文枝らしい。

「実はハミルトンホテルが、うちの株を買いに走り回ってるらしくてな」

「ハミルトンが？」

俊太は箸を置くと、差し出されたほうじ茶を飲みながら、事の経緯を話して聞かせた。もちろん、寛司に謀反の疑いがかかっていることには触れずにだ。

「そう……そんなことになってたの――」

文枝も事の重大性に気づいたようで、眉を顰《ひそ》める。「若旦那様も大変ね。株を手渡すか、売って現金を用意するか、いずれにしても、他人に持ち株の大半を渡さなければならないわけか……」

「株を売ろうにも、とうの昔に上場廃止や。市場では売れへんし、ケイマンブラザースいう投資証券会社は、ハミルトンが経営権を握れば、再上場はせんとふれ回ってんのや。株主にしてみれば、そんな株を持っててもしゃあないしな。中には買い手がいるうちに、売ってもうた方がええちゅう人も出て来ると思うねん」

「実際に売却に応じた人はいるの？」

「それが分からんのや」

俊太は湯飲みを置いた。「まあ、安定株主いうても、社長側の持ち株は五割ちょい。社長が売らへんかったら過半数は握れへんから、すぐにうちとこがハミルトンの手に落ちるいうわけではないんやが、ハミルトンは、すでに十二パーセントもの株を握ってるし、社長が株を手放さん限り、再上場は難しい。どっちにしても社長は持ち株を売らなならんのやけど、売った先がケイマンブラザースと転売の密約を交わしてないとも限らへんしな。どないしたもんかと頭を痛めてんねん」

「でも、どうしてハミルトンは、ムーンヒルホテルに目をつけたのかしら。あれだけ大きなホテルグループなら、直接日本に進出することだってできるでしょうに」

「そら、買収した方が手っ取り早いからや。まして、損害賠償のかたにとなれば、事実上タダみたいなもんやないか」

「それは分かるけど、じゃあなぜいまなの？」

文枝はいう。「日本が経済大国っていわれるようになって随分経つのよ。大きな市場だってことは、ハミルトンだってとうの昔に気がついているはずじゃない。なのに、いまに至るまで、日本には進出してこなかった。確かにムーンヒルホテルは、日本一のホテルチェーンだけど、競合相手だっていないわけじゃないのに」

「それは、日本をアジア進出の拠点にしたいからやろ」

俊太はいった。「アジアでは日本は突出した経済大国やし、日本企業もどんどんアジアで商売しとるさかいな。出張者だってぎょうさんいれば、旅行者かて増えてんのや。わけの分からんホテルに泊まるくらいなら、名の知れた――」

「それなら、アジアはムーンヒルホテルにとっても、大きな市場ってことになるじゃない」

「そりゃそうや」

「だったら、先にムーンヒルホテルがアジアに進出すれば？」

文枝がいわんとしていることが、俄かにはぴんと来ない。

「アジアに進出？　それが、いまの話とどないな関係があんねん」

俊太は問い返した。

「ビジネスホテル事業は、まだまだ拡張の余地が残されている。業績も挙がれば、ムーンヒルホテルが右肩上がりで成長していくのは間違いない。そうなれば、再上場の日も遠からずやって来る。株主さんが、そう期待している限り、売却には簡単に応じないはずだっていうなら、もっと大きな事業を打ち出したらいいじゃない」

「なるほどなあ」

俊太は唸《うな》った。「でかい花火を打ち上げて、株主さんたちに、いま売ったら損するいう気にさせるっちゅうわけか」

文枝のどこにこんな大胆な発想をする力が潜んでいたのか。

しかし、それでも問題は残る。

月岡の株の引き受け手だ。

市場で売買ができない以上、引き受け手は自分たちで探さなければならない。それも経営権を確保するためには分散するに限るわけだから、引き受け手の数はその分だけ増す。

果たして、そんなことが可能なのか。購入に同意する先が、そう簡単に見つかるものなのだろうか。

「損害賠償請求訴訟の判決が出るまでには、時間がかかるんでしょう?」

「そら、日本の裁判はそう簡単に判決が出えへんしな。二年、いや三年はかかるやろうなあ」

「それまで、ハミルトンが待つかしら」

「そら待たたな。裁判所かて、判決を下すまでには、入念な審査をせなならんのや。なんぼハミルトンかて、どないにもならんで」

「でも、ハミルトンが動き出している以上、若旦那様も迂闊《うかつ》には株を手放せない。ムーンヒルホテルの業績が好調に推移したって、再上場は果たせないってことになるわよね」

「そら……そうやけど——」

「時間がかかれば、ムーンヒルホテルが、なんらかの防衛策を講じてしまうかもしれない。ハミルトンはその前に、ムーンヒルホテルを手に入れたいと考えているんでしょう？　つまり双方共に早期のうちに決着をつけたいって考えてるわけじゃない」

「そうやなあ……」

確かにいわれてみれば、その通りではある。

「だとしたらよ。示談を持ちかけてくるんじゃないかしら」

「えっ……」

そんなこと考えてもみなかった。

しかし、これもまた文枝のいう通りだ。

「争えば争うほど、若旦那様への世間の印象は悪くなるし、裁判だって敗訴の可能性が高いんでしょう？」

「そら、満額回答とはいかへんやろけど、負けることは間違いない」

「それに、アメリカでの訴訟に負ければ、そんなものでは済まないわけよね」

「そうや」

「だったら、示談を持ち出してくるわよ。アメリカでの訴訟を取り下げる代わりに、一定割合の株の売却に応じろって」

どうして、そこに気がつかなかったのか。

より多くの株を持った株主の発言権が高まるのが株式会社だ。そして、持ち株比率によって、株主が行使できる権利はおのずと決まる。

月岡家が所有している株の割合は、およそ三十四パーセント。安定株主を合わせると五十パーセントをわずかに超える。過半数を持てば、すべての議案に関して拒否権が行使できる。だからこそ、月岡はムーンヒルホテルを支配してこられたのだ。彼の影響力を削《そ》がずして再上場が果たせないとなると、最低でも最重要事項の特殊決議の阻止、つまり拒否権の行使ができない比率、三分の一以下にまで月岡の持ち株を減らす必要が生じるのだ。

もちろん、それはハミルトンにもいえることで、三分の一を握れば、拒否権が行使できる。すでにハミルトンは十二パーセントもの株を所有しているわけだから、残るは二十一パーセント強。虚偽記載が発覚する直前の株価で換算すれば途方もない金額だが、上場廃止となったいまでは、いくらになるかはそれこそ交渉次第。まして、アメリカで損害賠償請求訴訟を起こすにあたって、ハミルトンがいったいどれほどの額を請求してくるのか分からない上に、アメリカの裁判所では、満額判決になる可能性が高いのだ。

そこに示談となれば、月岡だって背に腹は代えられない。

応ずる可能性はなきにしもあらずだ。

「どないしたらええんやろ。渡さなんだら、アメリカで訴訟起こすていわれたら……」

俊太は、生唾を飲み込んだ。

「ハミルトンの影響力を排除するためには、どれくらいの株をこちら側で持っておけばいいんだっけ？」

「そら、過半数を持てば、何があっても影響力を排除できるけど、三分の一を持たれたら、拒否権が行使できるようになるさかいな」

続けて俊太が比率によってどんな権利が生ずるか説明すると、

「つまり、防衛ラインは三分の一の株をハミルトンに握られないようにすればいいわけね」

「理屈の上ではな」

文枝は、暫し考え込み、

「それは、若旦那様にもいえることよね」

念を押すように訊ねてきた。

「そうや」

「それなら、なんとかなるかもしれないわよ」

「なんとかなるいうて、どないすんねん」

文枝はしばらく沈黙し、また何事かを考えている様子だったが、

「若旦那様のお家のことだから、たとえあなたであろうと、絶対に口外できないと黙っていたんだけど、状況が状況だもの、仕方ないわね」

そう前置きすると、意を決したように話しはじめた。「大旦那様がお亡くなりになった後で、相続を巡って若旦那様と奥様が揉《も》めたのよ」

「奥様と？」

「大旦那様がお妾《めかけ》さんを囲っていて、その方との間に子供がいたことは知っているわよね」

「ああ……」

「若旦那様は、財産をその方にも分与すべきだっておっしゃって。それを聞いた奥様が、とんでもない、妾の家になんか、びた一文やれるものかって、それは凄《すご》い剣幕でお怒りになったの」

そういえば、と俊太は思った。

自宅で倒れた龍太郎《りゅうたろう》が救急車で病院に搬送される際、付き添った敦子《あつこ》からは慌てる様子が一切窺えなかった。それに、月岡が独身を貫いている理由を、父親の血を引き継いでいるがゆえに、同じようなことをしでかしかねない。それでは、不幸な人間をつくることになると漏らしたことがあった。

寛司は月岡を「銀の匙を咥えて生まれてきた人だ」といったが、傍目《はため》からは何ひとつ不自由ない恵まれた暮らしを送っているように見えても、家庭内はさぞや冷え冷えとしたものであったのだろう。

それは、あの時の敦子の様子からも、父親が亡くなったと告げた時、平然としていた月岡の反応からも明らかだ。

「お前は、住み込みの女中やったからな。見んでもええもんも見てまうやろし、聞かんでもええことも、耳に入ってまうわな」

文枝は俊太が漏らした言葉を無視して続ける。

「大旦那様はね、お妾さんとの間に生まれた子供を認知していなかったのね」

「えっ？　そしたら婚外子っちゅうことになるやんか」

「奥様が財産分与なんかとんでもないっていったのは、それが理由のひとつだったの。認知をしないってことは、自分の子とは認めていない。財産分与の権利は生じないってことになるからね」

「しかし、お妾さんかて黙ってへんやろ。月岡家の財産いうたら――」

「そこよ」

文枝はここからが本題だとばかりに、俊太の言葉を遮った。「大旦那様は、お妾さんと、その息子さんに、ムーンヒルホテルの株を持たせていたのよ。それが、相続の過程で分かったの」

「株を？」

「大旦那様だって実の子を儲《もう》けたんだもの、そりゃあ親子の将来が気にかかるわよ。認知しなかったのは、相続争いを防ぐため。その代わり、生涯親子が食べていけるような仕組みを整えてあげたんでしょうね」

「そやけど、株を持ってたって、売らなカネにはならへんし、配当かて知れてるやんか」

「それは、どれほどの株を持つかによるわよ」

「いったい、どんだけの株を持ってんねん」

「三パーセント――」

「三パーセント？」

声が裏返った。

確かにそれだけの株を持っていれば、配当だけでも親子ふたりが生活するには十分過ぎる。

しかし、それだけの株を買うには元手がいる。

「そんな大金をどないして。大旦那様が株を現物で渡したら譲渡や。当然、税金が――」

「大旦那様、お妾さんに銀座で画廊を経営させてたのね」

「画廊？」

「美術品の価格なんてあってないようなものじゃない。ホテルには書画、壺、置き物、様々な装飾品が必要だし、勘定は会社に請求だもの。極端な話、真贋《しんがん》だって素人には分からないでしょ。お妾さんに絵や美術品を大量に仕入れさせて、ムーンヒルホテルにリースさせたんだもの、そりゃあ毎月大変なおカネが入ってくるじゃない。その収入で、株を買わせていたわけ。しかも、大旦那様の時代は未上場の期間が長かったし、資金需要も旺盛だったっていうからね。増資を行うにあたって、その一部の株をお妾さんと息子さん名義で買わせるようになったのよ」

「息子？　その息子いうのは何をやってはんの」

「ミカドコンサルティングって会社を知ってる？」

「もちろん」

ミカドコンサルティングは、都市計画やビル建設の構想から、設計、施工の監査、監督を行うことを生業としている会社だ。ムーンヒルホテルが新たに自社物件を建設する際には、主に建設業者が提出してきた見積もりや、設計、建設資材の内容をミカドコンサルティングが精査することになっている。

「ミカドコンサルティングの社長が、大旦那様の息子さんなの」

「えっ……そしたら、蘆沢《あしざわ》さんが?」

初めて聞く事実が次から次へと出て来る。「ほんまの話か、それ」

俊太は、思わず問い返した。

「本当よ」

「そやけど、蘆沢さんは、社長とほとんど歳が変わらへんのと違うか」

「ひとつ下だそうね」

なるほど、龍太郎が倒れても敦子が慌てる素振りも見せなければ、月岡が父親の死を知らされてもけろりとしているはずだ。

一歳しか歳が離れていないというなら、敦子の腹の中に月岡がいた最中、あるいは出産直後に龍太郎は不義を働き、しかも妊娠させたことになる。

「蘆沢さんって、ものすごく優秀な方のようね」

文枝はいう。

「確か、東大出てはったはずやわ。建築士の資格を取りはって、若くして会社を立ち上げて、うちの仕事を一手に引き受けはるようになったいう話を聞いたことがある」

蘆沢啓太郎《けいたろう》とは、ウエディングパレス、ビジネスホテル事業に進出する際に、何度か会ったことがある。

東大という最高学府を出ているにもかかわらず、偉ぶったところもない、性格も温厚で、仕事もきっちりする極めてまともな人間だという印象しか持っていない。

それが、龍太郎の子供？　社長と腹違いの兄弟だって？

「奥様の、ミカドコンサルティングが大量の株を持っている、それが蘆沢さん親子だって知った時の怒りようったら、そりゃあ大変なものでね。弁護士を呼んで、訴訟を起こそうとしたのよ」

「そんなん、訴訟を起こしたって、どないにもできへんやろ。カネは一旦、お妾さんのところに入ってんのやし、立派に売買は成立しとんのや、まして、認知されてへんのやから、戸籍上月岡家とは赤の他人や。そやし、息子さんかて相続なんてことをいわへんかったんやろ」

「だから、なんとかなるかもしれないっていったのよ」

文枝はいった。「蘆沢さんにしたって、ムーンヒルホテルが再上場を果たして、株価が以前にも増して高くなった方がいいに決まってるし、株価が上がるってことは、高い配当も見込めるわけだから、株主でいる限りは安定収入が得られるってことにもなる。もちろんハミルトンに売却すれば、大金を得ることはできるけど、一時金で終わっちゃうんだもの、どっちが得かは、明らかじゃない」

「そうか……そうやな」

俊太は感心して唸った。

「ってことはよ。若旦那様が蘆沢さんの持ち株と合わせて、三分の一を確保すれば、ハミルトンはムーンヒルホテルを意のままにはできないってことになるじゃない」

俊太は、改めて文枝の顔をまじまじと見つめた。

文枝は賢い。知恵もあれば知識もある。

出会った直後に気づいていたし、一緒になってからも、いまに至るまでずっとそう思ってきた。

しかし、文枝にはいままでついぞ見せたことのない別の才もあったのだ。

策士としての才である。

「お前……凄いこと考えるな――」

驚愕のあまり、言葉が続かない。

「若旦那様と蘆沢さんが異母兄弟だってことは、おそらく誰も知らないはずだわ。そうじゃなければ、虚偽記載が発覚した時点で、ミカドコンサルティングの存在が指摘されるはずだもの」

それもまた、文枝のいう通りだ。

虚偽記載を裏付けたのは、真の株主の氏名を記した、『株主名簿台帳』だが、もし、蘆沢母子と龍太郎の関係を知る者がいれば、その時点で彼らもまた、月岡家に連なる人物とみなされていたはずだ。

それに、龍太郎に婚外子がいるという話は、寛司からも聞かされたことはないし、俊太もまた、月岡のプライバシーに関わる問題だけに話したことはない。

文枝同様、それが側に仕える者の矜持《きょうじ》だと考えていたからだ。

「梶原さんは、知ってはったんとちゃうやろか。あの人は、親子二代にわたって仕えた大番頭やし」

「そうね。梶原さんは知っていたかもしれない」

文枝は肯定すると、「でも、梶原さんだって、大旦那様の意向は百も承知。だからこそ、余計なことは喋らなかったんじゃないのかしら。それに――」

ちょっと複雑な表情を浮かべ、続けようとした言葉を呑んだ。

「それに、なんや」

文枝は一瞬言葉に詰まると、

「実は、大旦那様には他にも女性がいたの……それも何人も……」

瞳に暗い影を宿しながら視線を落とした。

「ほんまか……」

驚きのあまり、言葉が出ない。

「大旦那様に女性が何人もいたことは多くの人が知っていたけど、外に子供を作ったのは、蘆沢さんただひとり。つまり、大旦那様にとっては、蘆沢さんのお母様は特別な存在だったのよ」

「そら、奥様が怒るのは当然や。社長が大旦那様に反発を覚えるのも無理ないわ」

「若旦那様が、大旦那様にそうした気持ちを覚えていたことは、家での様子を見ていればよく分かったわ。でもね、蘆沢さんに対しても同じ思いを抱いていたかといえば、絶対にそんなことはない。むしろ、逆の思いを抱いていたと思うの。でなかったら、財産分与だなんていい出すわけがないもの」

「そうか。そうやな」

「実際、若旦那様が社長になってからも、ミカドコンサルティングを使い続けてるんでしょ？」

「そうや」

俊太は小首を傾げながら、思いつくままにいった。「しかし、なんでやろ。異母兄弟、それもお妾さんとの間にできた弟がいるとなれば、面白うないやろ。普通、母親の側につくのと違うやろか」

「母親の側に立つというなら、蘆沢さんだって同じじゃない。大旦那様の実の子だって名乗り出て、財産分与に与《あずか》ろうって考えるものじゃない？」

「それもそうやなあ」

「でも、蘆沢さんはそんな行動に出なかった。そして、若旦那様もミカドコンサルティングを使い続けた――」

俊太は温《ぬる》くなったほうじ茶を口に含むと、ふうっと息を吐きながら、腕組みをした。

ムーンヒルホテルに飾る美術品を、母親が経営する画廊からリースしていたというからには、蘆沢も裕福な暮らしをしていたことは間違いあるまい。しかし、カネが絡むとなれば、豹変するのが人間だ。わずかなカネを巡って実の兄弟でさえ、骨肉の争いを繰り広げるのは世間によくある話だ。

それなのになぜ。まして、莫大な財産が月岡家にあることを知っていながら、どうして――。

「これは、私の推測だけど」

考え込む俊太に向かって文枝はいう。「大旦那様の心が、早いうちから奥様から離れていたことは、若旦那様も気がついていたのは間違いないし、大旦那様のことは、父親とは認めてはいなかったでしょうから、さぞや寂しい思いをなさったと思うの」

「そやなあ……。社長になる前は放蕩《ほうとう》三昧。カネ持ちのドラ息子を演じていはったしな。あれも、大旦那様への反発心の表われやったんやろな。実際、社長にならはってからは、もうこんな生活は今日で終わりだいわはって、仕事に専念しはるようになったし、会社の経営方針も一新しはったもんなあ」

「蘆沢さんだって大旦那様には、同じ思いを抱いていたんじゃないかしら」

「それ、どういうことや」

「認知してもらえないってことは、実の子じゃないっていわれているのも同然じゃない。そりゃあ、お母様には何不自由ない暮らしをしていけるだけの収入をもたらしてもくれれば、会社を起こした後も、仕事を与えてもくれはしたでしょう。でもね、蘆沢さんは、ずっと婚外子として育ってきたのよ。それがどれほど辛《つら》いことか。若旦那様は、そこに思いが至ったからこそ、財産分与なんてことをいい出したんじゃないかしら。蘆沢さんだって、自分と同じ大旦那様の犠牲者に変わりはないんだって……」

そういう、文枝の目には、うっすらと涙が浮かんでいる。

おそらく、文枝の考えに間違いはあるまい、と俊太は思った。

月岡は厳しい人間だが、情に厚い一面があることは、自分が誰よりも知っている。

「そうか……。そうかもしれへんなあ」

なんだか切なくなって、俊太はため息を漏らした。「ミカドコンサルティングを使い続けたのは、そんな気持ちもあったんやろうなあ。それに、蘆沢さんの仕事はしっかりしてはるし……」

「もし、そうだとしたら、蘆沢さんは絶対に若旦那様の側についてくれるわよ」

「社長と蘆沢さんは、付き合いがあるんやろか」

「それは私にも分からない。家ではその後一切、蘆沢さんのお話はなさらなかったから……」

文枝は声を落とした。

「そやろな。奥様がそんな調子じゃ、社長かて蘆沢さんのあの字も口にできへんやろな……」

俊太も声を落とすと、はたと気がついて話を戻した。「ただな、文枝。ハミルトンかて、こんな手を使うてまでうちを手に入れようとしてんのや。三分の一を握られれば、思うように経営ができへんいうのは百も承知のはずや。社長の影響力を削ぐために、どないな手を打ってくるか、分からへんで。あいつらが目指してんのは半分以上の株を握り、ムーンヒルホテルを乗っ取ることや。半分以上を握られたら、すべての議題に拒否できるねん。三分の一では対抗できへんのや」

何しろ、ハミルトンには買収のプロがついているのだ。

こちらがどんな策を講じてくるかは、先刻承知と考えておくべきだ。動きが分かってから対策を講じても手遅れになりかねない。

「だったら、先手を打てばいいじゃない」

文枝は、あっさりという。

「先手って……」

「ハミルトンは示談を持ちかけてくるんじゃないかって、さっきいったわよね」

「示談を蹴ったら、アメリカで訴訟を起こされるかもしれない。そうなれば、莫大な賠償金を支払わなければならなくなる可能性が大きいんでしょ?」

「ああ……」

「そうや」

「だったらどっちにしても、若旦那様は賠償に応じなきゃならない。そのためには株を売却しなければならないわけよね」

「それで?」

俊太は先を促した。

「どうせ株を手放すなら、絶対ハミルトンへの売却には応じない。ずっと株を持っていてくださる、安定株主になってくれる相手に売ればいいじゃない」

「そんな先、そない簡単に見つかるかいな」

「あると思うけどなあ」

「どこに?」

「たとえば――」

文枝の話を聞くにつけ、俊太は心底驚いた。

先のアジアへのホテル展開もさることながら、この短い間に自らが発案したプランをさらに魅力的なものへと高めただけではなく、確かに安定株主になってくれるかもしれないと期待を抱ける相手を挙げてきたのだ。

ほんま、こいつは恐ろしい才覚を持っとったんや……。こりゃ、わしなんか束になっても敵《かな》わんわ――。

もはや返す言葉もない。

俊太は唖然《あぜん》として、文枝の顔をただただ見つめた。

7

「麻生さん。忙しい中、時間を割いてもらったのは他でもない。ムーンヒルホテルの今後について、正直なところを聞かせてほしいんだ」

それまで笑みを絶やさなかった中江宗俊《なかえむねとし》の表情が一変すると、真剣な眼差しを向けてきた。

高層ビルの最上階にあるフレンチレストランの個室の窓からは、新宿の夜景が一望できる。

世間話に終始するうちに、コース料理もメインディッシュが用意され、この皿を平らげればあとはデザートを残すばかりだが、フルボトル一本のワインでは呑み足りない。ハーフボトルを追加し、「あとは勝手にやるから」とボーイに告げたところで、いよいよ本題を切り出したというわけだ。

「うちの今後って、どういうことです？」

寛司は、赤ワインが入ったグラスに手を伸ばしながら訊ね返した。

「ケイマンブラザースって会社を知ってるかい？」

口元にグラスを運んだ手が止まった。

しかし、それも一瞬のことで、

「もちろん知っています。アメリカの投資証券会社ですね」

寛司は、中江の視線を捉えたままワインを口に含んだ。

「実は、そこからムーンヒルホテルの持ち株を売ってくれないかという打診があってね」

「そうですか……やはり、中江さんのところにも――」

「私のところだけじゃない。ケイマンブラザースは月光会《げっこうかい》のメンバー全員に、この話を持ちかけてきてるんだ」

「月光会の全員に？」

寛司は意識して眉を吊り上げ、驚いてみせた。

月光会はムーンヒルホテルグループの仕事を請け負う会社の親睦団体だ。食材、備品はいうにおよばず、建設、不動産に至るまで業種は広く、事業規模も押しも押されもせぬ大企業から吹けば飛ぶような中小企業までと様々だ。

中江は国内不動産最大手のひとつ、スミダ興産の社長であると同時に、月光会の会長を務めている。出会った当時、寛司は経営管理部の係長、中江は営業部の次長であったから長い付き合いだ。まして、ふたりとも順調に昇進を重ね、いまの地位に就いたという共通点もある。知り合った時分には、頻繁に酒席を共にしたものだし、お互い会社の重責を担うようになってからは、頻繁にとはいかないものの、いまに至ってもなお、年に何度かは酒を酌み交わす付き合いが続いている。

「会のメンバーにとって、ムーンヒルホテルは重要な取引先だし、先代も含め月岡さんには、お世話になってきたんだ。おいそれと株の売却に応ずるわけにはいかないが、再上場が果たせなくなるといわれるとねえ……。何しろ、株価はずっと上昇し続けてきたし、分割もあったからな。持ち株の価値がますます膨れ上がって喜んでいたところで不祥事発覚だ。それでも文句が出なかったのは、必ずや再上場の日がやって来ると確信していたからだ。その目が潰れるかもしれないとなりゃ、持ち株はただの紙屑《かみくず》になっちまう。そりゃあ慌てるさ」

「ケイマンが動いているのは、すでに我々の耳に入っています」

寛司はグラスを置くと、「で、私に何を訊きたいのですか？」

改めて訊ねた。

「再上場は、本当にないのか」

寛司は、短い沈黙の後、口を開いた。

「どうして私に訊くんです。中江さんは、月岡さんと昵懇《じっこん》の仲じゃないですか。月光会のメンバーが動揺している。持ち株をどうするつもりだと、直接お訊ねになればいいじゃありませんか」

暑気払いに忘年会と、年に二度開かれる月光会のパーティには、月岡も必ず顔を出す。主役であるふたりは、会員の応対に追われ、料理を口にすることはできないから、パーティが終わると、ホテル内のレストランで改めて食事をするのが常である。加えて、中江の唯一の趣味はゴルフで、月岡が遊び惚《ほう》けていた時代には頻繁にコースを回ったこともあって、双方が「刎頸《ふんけい》の友」といって憚らない間柄だ。

直接月岡に連絡を取ることもできれば、用件が用件だ。月岡とて、会うことを拒むわけがないし、問われれば正直に話もするだろうに、どうして俺に訊くのか。

「さすがに、今回ばかりはね……」

中江は、気まずそうに口をもごりと動かして語尾を濁すと、続けていった。「再上場をするためには、まず月岡さんの持ち株比率を減らすことが必要だ。それは、ムーンヒルホテルが月岡さんのものでなくなるってことだ。親子二代でここまで大きくした会社だぞ。創業家ってのは、そりゃあ自分の会社には深い思い入れを持ってるもんだ。経営権を手放すってのは、子供を亡くすも同然だ。麻生さんだって、うちの会社の創業家がどういう経緯で経営から身を引いたか知ってんだろ？　俺は、その当事者だった人間だぜ」

いまでこそ中江が社長も務めているが、それ以前のスミダ興産は、創業家に連なる人間が代々経営を行ってきた典型的な同族会社であった。

不動産ビジネスは巨額のカネが動く。しかも、スミダ興産は、都市部の商業地、それも小さな土地をまとめ上げ、大きな物件として再開発を行い、テナントを集め家賃収入を得るというビジネスと、土地そのものを転売するふたつの事業を柱としている。特に後者の場合、まとまった土地であるだけに、転売時の価格は格段に高くなる。当然、実入りもよくなるわけで、それが不動産ビジネスの醍醐味《だいごみ》ではあるのだが、スミダ興産の三代目というのが、とんでもない人物で、経営を部下に任せ放蕩三昧。会社のカネは自分のカネとばかりに、まさに酒とバラの日々を送ったのだ。

「確かに、あの時は大変でしたものね」

寛司はいった。「三代目がやったのは、経費の流用そのもの。それも、目ん玉が飛び出るほどの使いっぷりでしたからね。しかも、事もあろうに暴力団の女に手をつけた。仕組まれた罠《わな》だったとしても、それをネタに脅されて、莫大なカネを毟り取られることになったんですからね」

「事態を放置すれば、社員全員が路頭に迷うことになる。三代目には社長を辞めてもらった上で、一族が経営に一切関わらないようにしてもらうしかない。その大役を仰せつかったのが私だ」

中江は、当時のことを思い出したかのように、ほっと小さく息をする。「いや参ったよ……。辞任を迫った途端、三代目はもちろん、墨田《すみだ》一族は猛反発だ。交際費をどれだけ使うかは、社長が決めること。別に会社を赤字にしたわけじゃなし、余計なお世話だ。番頭ふぜいが何をいう。役員になれたのは、誰のお陰だといわれてさ——」

「それで、帝都銀行にすがったんでしたね」

「不動産事業には多額のカネがいる。事案ひとつがまとまるまでは、時間がかかるし、その間カネも寝る。銀行の融資なくして成り立たないビジネスだ。三代目の行状、まして暴力団に食いつかれたとあっちゃ、銀行にとっても一大事だ。事情を聞いた大坪さんの顔色が変わってね。全面的に我々を支援することをその場で約束してくれたんだ」

「退任に応じなければ、横領罪で告訴すると脅したんでしたね」

「墨田一族は名家だからな」

中江はワインをひと口飲むと、ふっと笑った。「横領で逮捕者が出たなんてことになれば家名に傷がつく。そりゃあ慌てるさ。しかし、株を手放してもらわんことには、一族の影響力は排除できない。それに暴力団だって、せっかく手にしたカネ蔓《づる》だ。そう簡単に諦めるはずがないし、手元のカネを吸い上げたら、今度は株をよこせといい出しかねない。そこで、大坪さんが取ったのが、一族の持ち株を、安定株主に売却することだ」

「三代目は莫大なカネを手にする。あとは暴力団に毟り取られようがどうなろうが知ったこっちゃない、勝手にしろってわけですね」

「そのお陰で、会社は残ったし、私もその功績を以て社長になれたんだが、決していい思い出とはいえないからね。なんせ、栄枯盛衰は世の常だとはいえ、三代目の末路は哀れなもんだったからな。月岡さんに直接訊けばいいじゃないかって麻生さんがいうのはもっともなんだが、どうもあの一件とかぶっちまってさ……」

改めてそういわれると、中江の気持ちも分からないではない。

中江はさらに続ける。

「それに、月光会の中には、再上場が見込めないなら、ハミルトンに倣って、損害賠償請求訴訟を起こそうかって声も上がっていてさ」

「損害賠償？」

さすがにこれには驚いた。

寛司は思わず問い返した。

「いくらなんでも、これまで世話になった月岡さん相手に、訴訟はないだろうと私自身は思うんだが、なんせ上場廃止になった理由が理由だ。中には騙《だま》されたというやつもいる。中小企業ともなれば、本当に持ち株が紙屑になろうものなら、しゃれにならん金額になるからね。それに――」

「それに、なんです？」

「ケイマンの背後には、ハミルトンがいるんだろ？」

寛司は、なんとこたえたものか言葉に詰まった。

「いや、状況を見ていれば分かるよ」

中江は、苦笑を浮かべる。「ハミルトンは、ムーンヒルホテルを手に入れたがっている。訴訟を起こしたのもそれが狙いなら、ケイマンが株を買い占めにかかっているのも、ハミルトンの意向を汲んでのことに決まってるよ」

中江だって、海千山千の経営者だ。まあ、その程度のことは察しがつくだろう。

「まず間違いなく……」

寛司は頷いた。「ただ、訴訟は日本だけでは終わらないかもしれませんよ。ハミルトンとは、アメリカで合弁事業をやっていますからね。向こうで同様の訴訟が起こされる可能性は十分あります。そして負けた時の賠償金額は、日本の比ではない――」

「もし、そうなったら、月岡さんどうなるんだ」

「さあ……」

寛司は首を傾げたが、「月岡さんにどれほどの資産があるか分かりませんが、いずれにしても、株を手放さない限り、再上場は果たせない。しかし、ハミルトンはアメリカの株式市場で十分資金を調達することができますから、日本で上場する必要はない。ムーンヒルホテルを手に入れる。彼らの狙いがその一点にあるのは確かなんですから」と断じてみせた。

中江は何事かを思案するように、眉間に深い皺を刻むと、

「もし、ムーンヒルホテルがハミルトンの手に落ちたら、ビジネスのやり方もこれまでとは変わるよな」

テーブルの一点を見つめ、低い声で訊ねてきた。

「そりゃあ、外資になるわけですから、何事も本社の意向次第ってことになるでしょうね。経営陣も一新されるでしょうし、組織や業務のやり方を含め、何から何まで……」

中江は深刻な顔をして押し黙る。

「当たり前の話じゃないですか。それが何か？」

寛司はいった。

「それが何かじゃないだろう。麻生さん、平気なのか？」

中江が何をいわんとしているかは改めて訊くまでもない。

「そりゃあ、心中穏やかならざるものがありますけど、どうすることもできませんよ。買った側の自由にされる。それが買収されるってことなんですから。お前に居場所がないといわれれば、どうすることもできませんよ。まして、相手はアメリカ企業ですよ。その場でいきなり馘《くび》をいい渡されるなんて、日常茶飯事。そんな光景を、何度も目の当たりにしてきたんですから、覚悟してますよ」

中江は、まじまじと寛司を見ると、

「君はいいなあ……」

はあ〜っとため息をついた。「日本でのビジネス展開が本社の意向次第ってことになりゃ、現在進行中の出店計画も、見直される可能性だってないわけじゃない」

「まあ、可能性というならありでしょうけど、それを私に訊かれても……」

「そうなったら、ビジネスホテルの展開計画だって、どうなるか分からないじゃないか」

「いや、順調に展開している事業を潰すほど、ハミルトンは間抜けな会社じゃありませんよ。それはご心配ないと思います」

「しかし、ビジネスには厳しいのがアメリカ企業だ。出店は計画通りに進めるとしても、ビジネスホテル事業がこれから先も拡大していくとなりゃ、厳しい条件を突きつけてくるんじゃないのかね」

「まあ、それもないとはいえないでしょうね……」

寛司はこたえた。

「麻生さん……」

中江の口調が改まった。「正直にいうがね、ムーンヒルホテルの取引は、他所《よそ》に比べてかなり条件が厳しい。それでも、仕事をやらせてもらっているのは、事業の拡大に勢いがあるからだ。だからみんな黙ってついてきたんだ。まあ、月岡さんだってその辺のことは承知していたから、無茶とはいえない線ぎりぎりで抑えてくれたが、アメリカ人相手となると、そうはいかない。月光会の中には、切られようものなら即倒産ってくらいに、ムーンヒルホテルに依存している会社だってある。その上さらに取引条件が厳しくなるなんてことになったら……」

「私はハミルトンのやり方を知っていますからいうのですが、正直、かなり条件は厳しいです。その点は覚悟しておいた方がいいと思います」

寛司はいった。「同じものを買うなら、同じ仕事をさせるなら、一番安い値段を提示してきたところに任せるのがハミルトンのみならず、アメリカ人のやり方です。できないというなら、できるというところに任せる。代わりはいくらでもいる。彼らがそう考えているのは確かです」

中江の顔が強張るのが分かった。

焦燥とも緊張とも取れる表情である。

だが、嘘をいったわけではない。

長年、現地で働いてきたのだ。ハミルトン、いやアメリカ企業の経営手法は熟知している。

ホテルひとつ建てるにしても、社内にはそれを専門とする組織があり、コンセプトを固め終えると、そこから先は業者の選定と完成までの施工管理が彼らの主な任務となる。もちろん業者に丸投げするわけではない。用地の確保、設計、施工、内装、備品、全てのプロセスにおいて、ハミルトン側が提示した仕様書に基づく入札が行われることになる。そこに日本流の馴染《なじ》みの業者といった概念が入り込む余地もなければ、まして接待を通じてお互いが親交を深めるといった、情が入り込む隙間もない。それが、アメリカ企業の流儀なのだ。

「ドライな国だからな……アメリカは——」

「ドライではありますが、逆に分かりやすいともいえるでしょうね」

「分かりやすい？」

「要求は厳しいですがその分結果、つまり会社に貢献したと認められれば、それに相応しい地位と、報酬が与えられる。それは、従業員だけではありません。業者……といっては失礼ですが、貢献が認められればそれなりの扱いをするものです」

「貢献ってのは、ハミルトンにどれほどのメリットを与えたか。つまり、どれほど我々が身を削ったかってことだろ?」

中江は、深いため息を漏らすと、「麻生さん……」

硬い声で名を呼び、沈黙した。

「何か?」

寛司はグラスに残っていたワインを一気に空けた。

「月光会の持ち株をまとめたら、そのそれなりの扱いってのを期待できるかな」

寛司は驚いて、中江の顔を見つめた。

「まとめる?」

「みんな動揺してるなんてもんじゃないんだ。もし、本当に株が紙屑になろうものなら、訴訟が相次ぐことは間違いない。それだけ、今回のことにはみんな怒りと失望を覚えているんだ。まして、ムーンヒルホテルがハミルトンの手に落ちた挙句、厳しい商売を強いられるとなりゃ、もはや月岡さんに義理立てする理由はないからね。月光会のメンバーの持ち株をまとめれば、そこそこの量になる。ケイマン、ひいてはハミルトンにとっても、魅力的な話になるはずだ。ただし、その条件として、月光会のメンバー企業には、ハミルトンに経営権が移った後も、それなりの扱いをしてほしい。そう持ちかけてみようかと考えていてね」

面白いことになった、と寛司は内心でほくそ笑んだ。

日本のビジネス風土は独特だ。義理と人情がいまだにものをいえば、当事者同士がお互いの立場を推し量り、程よいところで落とし所を見出《みいだ》そうともする。その点、アメリカは違う。自分のためになるかならないか、商談を決するのはその一点にあるといっても過言ではない。

だが、義理人情に厚い日本人でも、実害を被るとなれば話は別だ。特にサラリーマンの場合、その傾向は顕著に現れる。なぜなら組織に身を置く限り、必ずや評価というものがつきまとうからだ。

だから、会社が損失を被るような事態に直面すると、法に触れない範囲でなら人の道に外れるような行為に出ることも厭《いと》わない。なぜなら、部下の不始末は上司の不始末とみなすのが組織だからだ。そして、上司の命には逆らえない。それがサラリーマンの宿命であるからだ。

中江とて、社長とはいえ、所詮は雇われ社長だ。業績を上げ続けることを、常に強いられている。ムーンヒルホテルのビジネスをなくそうものなら、不動産大手のスミダ興産にとっても大打撃だ。それすなわち、己の首が危なくなるということを意味する。

となれば、義理も人情もあったものではない。いかにして、被害を最小限に抑えるか、保身に走るのがサラリーマンの常。まさに背に腹は代えられないというわけだ。双方が刎頸の友と呼んで憚らない仲にしてこれだ。中江もやはり所詮はサラリーマン。危機に瀕《ひん》すれば、ものの見事に本性を現す。もっとも、それは自分も同じだ。

寛司はその時、はじめて中江が自分の同類だと思った。

「それは、私にはなんともおこたえしかねますね。ハミルトンがどんな返事をするかなんて、分かりませんよ」

「だから、この席を設けたんだ」

中江は、身を乗り出した。「麻生さん、ハミルトンと一緒に仕事をしてたんだろ?」

「ええ……それは、まあ――」

「その伝手《つて》で、私の意向をハミルトン側に話してはくれないか」

「冗談じゃ、ありませんよ」

寛司は、驚愕したふりを装った。「それ、私に月岡さんを裏切れっていってるようなもんじゃないですか。そんなこと――」

「麻生さんの手柄にもなるじゃないか」

中江は大真面目な顔をして、寛司の言葉を遮った。「月光会の株をまとめたとなれば、ハミルトンにとっては功労者だ。となれば、買収されたって、麻生さんは役員として残れるかもしれない。いや、それどころか、麻生さんのこれまでの実績を考えれば、社長にだってなれるかもしれないだろ」

もう、社長になることは決まってるんだ。

早晩、ハミルトン側の弁護士が、月岡に示談を持ちかける。条件は、ただひとつ。株の譲渡だ。示談が成立すれば、月光会の持ち株など、どうでもいい。まとめてみせたとて大した土産にもなりはしない。

「私はねえ。月岡さんを説得してみようと思うんだ」

中江はいった。

「説得？」

「株を、ハミルトンに差し出せとね」

中江はボトルを手にすると、寛司のグラスにワインを注ぎ入れる。「何も、持ち株の全てを手放す必要はない。三分の一を割れば、月岡さんが行使できる権利は制限されるが、全く影響力がなくなるってわけじゃない。二度と経営に携わらないと決めたからには、それで十分じゃないかとね。となればだ、月岡さんが考えなければならないのは、ムーンヒルホテルで働いている従業員たちの今後だ。ムーンヒルホテルの経営権がハミルトンに移れば、役員はもちろん、経営方針、組織、仕事のやり方、人事考課、全てが変わるわけだからね」

　寛司は黙って、グラスを傾けた。

　中江は続ける。

「うちのお客さんにも、最近アメリカ企業が増えていてね。彼らとビジネスをしていて、何に一番困惑するかというと、彼らは自分たちのやり方が絶対的に正しい。そう信じて疑わない点なんだよ。つまり、郷に入っては郷に従えという考えが端《はな》から欠落してるんだ」

「それは、国のあり方が違うからでしょうね」

　寛司はグラスを置きながらこたえた。「ご承知のように、アメリカは多民族国家です。世界中のありとあらゆる国からやって来た移民で構成されている社会なんです。日本も多民族国家ではありますが、圧倒的多数の日本人はそのことを意識していません。そして、共通の言語、文化を持った人間たちで構成されているのは紛れもない事実。これをアメリカ社会に置き換えれば、日系人の社会でなら通用するビジネスを行っているわけです。しかし、アメリカは違うんです。全ての人種、異なった文化に通用するビジネスを行わなければならないのです。それがアメリカのやり方は世界に通用すると考えている理由なんです」

「しかし、ここは日本だ」

中江はいった。「そんな理由でアメリカの流儀を持ち込まれたのでは、我々どころか、ムーンヒルホテル自体の経営がズタズタにされてしまうかもしれない。月岡さんだって、絶対にそんなことは望まないはずだし、ハミルトンのためにもならない。ならば、そうならないようにするための方法はひとつしかない。株を譲渡するにあたっては、当面、ムーンヒルホテルの経営に手をつけないことを確約させることだ」

「しかし、買収されれば、全てはハミルトンが決めることになるんですよ」

「満足のいく働きをする人間には、それに相応しい道が開けるのが、アメリカ企業なんだろ？」

中江は、じっと寛司の目を見据える。「麻生さんならやれる。君だって、自信があるんだろ？」

当たり前だ。

しかし、その言葉を出すのは傲慢に過ぎる。

寛司は、黙って中江の視線を捉えた。

「麻生さん、社長になれよ」

中江はいった。「月岡さんは俺が説得する。麻生さんはそれを手土産に、ハミルトンのものになったムーンヒルホテルの社長になれよ。ビジネスホテル事業は、まだまだ拡大の余地がある。数字は難なく達成できるはずだ。その実績が買われれば、さらに上を目指せるじゃないか」

中江が何を狙っているかは、改めて聞くまでもない。

自分が社長になれば、月光会のメンバーとの関係もいまのまま。スミダ興産に至っては、月岡の持ち株を譲渡させることに成功したとなれば、その功績を以て優遇されると踏んでいるのだ。

そう思う一方で、「さらに上を目指せる」といった中江の言葉が引き金になって、かつて、デビッドがいった言葉が脳裏に浮かんだ。

「パレスの住人になると、見える世界が変わると皆一様にいうからね」

「月岡さんだって、負けると分かっている訴訟をいつまでも抱えたくはないに決まってんだ」

中江は続ける。「まして、アメリカで訴訟なんか起こされてみろ。そっちは遥かに厳しい判決が出るのは目に見えてんだ。ムーンヒルホテルのいまの経営形態には当分手をつけないのを条件に、株を譲渡しろといやあ、間違いなく応ずるさ」

中江は、そういい終えると、ワインを一気に呑み干した。

今度は、寛司がボトルを手にし、空いたグラスにワインを注ぎ入れる。

「本当に月岡さんが同意すると思ってるんですか？」

寛司は訊ねた。

「でなければ、こんなことをいうかね」

中江は、ニヤリと笑った。「実は、この件に関しては月岡さん本人から、何度も相談を受けていてね。最終的に株は誰かに渡さなければならないのだが、ハミルトンのやり方が強引に過ぎる。アメリカの流儀でやられては、ムーンヒルホテルが滅茶苦茶になるかもしれない。それを一番案じているのは、月岡さんなんだ。なんせ、ムーンヒルホテルグループはあの人の城だからな。城を明け渡した途端、全て新しい城主の色に塗り替えられたんじゃ、これまでのやり方を否定されたも同然だ。それが、我慢ならないんだよ」

確かに、中江は月岡にとって友といえる唯一の存在だ。相談を持ちかけるとしたら、中江だろうし、その言葉に嘘偽りはないはずだ。

しかし、それにしても皮肉な話だ、と寛司は思った。

刎頸の友とは、お互いに首を切られても後悔しない仲という意味だが、本当に言葉の通りになってしまうとは――。

「中江さんが、そこまでおっしゃるのなら、いいでしょう。この話に乗りますよ」

寛司はいった。「ハミルトンの目的は、月岡さん個人を追い詰めることじゃない。ムーンヒルホテルを手に入れたいだけの話なんです。それが判決が下される前に実現するとなれば、それくらいの条件は、絶対に呑みますよ」

中江はワイングラスを手に取ると、

「ただし、麻生さん。月岡さんが株を手放すことに同意した途端、月光会の話はなかったことにじゃ困りますよ。絶対に約束は守る。あなたを社長に据えるって確約をハミルトンから取り付けた上でないと、私たちの目論見も水の泡だ。交渉をうまくまとめる自信はあるんだろうね」

上目遣いで寛司を見ると、低い声で念を押した。

「その点はご心配なく。オーナー親子とは、直接話ができますので」

寛司もまた、グラスを手にすると、「ハミルトンもムーンヒルホテルと同じでしてね。全てはオーナー家の一存で、物事が決まるんです。彼らは絶対にこの条件を呑みますよ。任せておいてください」

ふっと笑みを浮かべ、乾杯を促した。

天の章

【天】
最も高いところ。頂き。

1

中江の話を聞くのが辛《つら》かった。

やっぱりと思う一方で、「なんでや……」と、何度も俊太は胸の中で問いかけた。わしがおらへんかったら。余計なことをせなんだら——。

このひと月の間、何度そう考えたか。

文枝にも話せない秘密を抱え、悶々《もんもん》とする日々がいかに辛かったか。

しかし、それ以上に中江の口を衝《つ》いて出る、寛司の言葉は俊太の心を痛めつけた。

まして、月岡が刎頸《ふんけい》の友と呼んで憚《はばか》らない中江を使って、寛司を罠《わな》にかけるのと同然の行為を以《もっ》て確かめたとあっては、心情はますます複雑だ。

「嫌な役目をさせちまったな……」

月岡は悲しそうな眼差《まなざ》しを中江に向けると、深く頭を下げた。「申し訳ない……この通りだ……」

「あの麻生さんがねえ……」

中江もまた、やるせない顔になり、ため息をつく。「社員は家族だという経営者がいますが、それは違うと思うんですよ。評価というものがつきまとうのが会社です。当然、そこには競争が発生する。そして、評価を決めるのは上司です。どんな上司につくか、どんな仕事を与えられるか。運もあれば、人が評価するんですから、私情も入る。だから、誰もが納得する評価もなければ、人事もない。妬み、嫉《そね》み、ありとあらゆる人間の負の感情が渦を巻いているのが会社なんですが、オーナー企業では、出世してもナンバーツー。それが、月岡さんの退任によって、トップになれる目が出て来た。それを小柴さんに攫《さら》われるとなれば、やはり我慢ならなかったんでしょうなあ……」

そういわれると、癒えぬ傷から、鮮血が噴き出すかのように、胸が張り裂けそうになる。

俊太は肩を落とし、ただただ俯《うつむ》くしかない。

「中江さん……」

月岡は、重々しい声で名を呼んだ。「人間には向き、不向きってものがある。優秀な成績を挙げた人間を、いち早く管理職に就かせても、そいつが期待通りの働きをするか、その上司や部下から、評価されるかといえば、必ずしもそうではない。現場仕事なら目覚ましい働きを見せるが、人を使うとなるとさっぱりだってやつも必ず出る。それでも日本の会社の多くは、ある一定の年齢に達すると、しかるべき役職と報酬を与えてきた。所謂《いわゆる》年功序列ってやつだが、俺は、それは誰のためにもならないと考えた。管理職はさっぱりだが、現場なら能力を発揮するというなら、そこで存分に力を発揮すればいい。そう思ってきた」

「分かります」

中江は頷《うなず》く。「管理職の能力に劣る人間を、年功だけを以て職に就ければ、そこに生まれるのは良くて停滞、大抵の場合はマイナスの効果しか生まないものですからね」

「それでは、本来もっと大きな成果を得られるはずだったビジネスも伸びない。新たなチャンスを与えれば、育つはずだった人材の芽も摘んでしまう。結果的に、全社員が不利益を被ることになるんだ」

「理屈の上ではその通りなんですが、部下に抜かれるとなると、やはり、そこは人間ですから……」

語尾を濁す中江に向かって、

「それでも断を下さなければならないのが、経営者なんですよ」

月岡はいう。「社長は上がりのポジションじゃない。業績を維持するだけじゃ駄目なんだ。前任者を上回る実績を挙げ、会社の基盤をますます強固なものにしていく。そして、その座を明け渡す時には、将来を託せると見込んだ人間を選ぶのが社長の務めなんです。麻生は確かに有能な男だ。経営を担う能力も十分にある。しかし、それに優《まさ》る才を持つ人間がいるとなれば、麻生に任せるわけにはいかないんです」

身の置き所がないとはまさにこのことだ。

俺は、そんな器やない。ただ、「これ、いけるんとちゃうか」と思ったことを提案してみただけや。そのことごとくが当たっただけの話なんや。

俊太は、ますます身を小さくして、俯く角度を深くした。

「それが証拠に、こいつは、この難局を乗り切る策を出してきやがった」

月岡の口調が急に柔らかくなった。

俊太は思わず顔を上げた。

月岡は続ける。

「中江さん。こいつはね、ハミルトンがうちを手に入れたいのは、日本を足がかりにして、アジア市場に乗りだそうとしているからだといいやがってね。まあ、そこは誰もが気づいていたことだが、面白いのはそこからでね。ハミルトンが目をつけたくらいだ。ならば、先手を打ってうちがアジアに進出したらいいじゃないかといい出したんだよ」

「先手を打つといっても、月岡さんは経営から退いたじゃないですか。それに、ハミルトンは、日本での訴訟が終われば、次はアメリカ。莫大《ばくだい》な損害賠償を請求されれば

「――」

「カネで払えばいいだけの話じゃないですか。アメリカで賠償金を支払えって判決が出たところで、持ち株を全部売り払わなければならないほどの金額になるわけがない。株を譲渡したカネで支払えばいいだけの話です」

「しかし、その株を誰に引き受けさせるんです？　そこに頭を痛めていたわけでしょう？」

「いままでお付き合いしてきた企業。それから、これからお付き合いが深まるであろう企業です」

「これから……といいますと？」

「アジアに進出するにあたっては、ただホテルをやったんじゃ芸がない。マンションを一緒に建設すべきだというのがこいつの提案でしてね」

瞬間、中江が息を呑《の》んだ。

何を目的とするか、悟ったのだ。

月岡はニヤリと笑うと続けた。

「アジアには商社、金融、建設、プラント、メーカーと多くの企業が進出しています。当然、駐在員も数多くいる。彼らが真っ先に探さなければならないのが住居です。しかし、治安、教育、買い物と、全ての条件が整った物件は限られている。そこで、ツインタワーを建設し、一棟はホテル、もう一棟はマンションにする。ジムやプールはホテルと共用。地下、および地上階のある一定階までは商業施設、それも日本のデパートを誘致すれば、駐在員にとっては魅力的な物件になるんじゃないかと」

「確かにそれはいえてますね」

中江は唸《うな》った。「そうした造りにすれば、セキュリティは万全だし、外に出る必要もほとんどなくなりますからね。もちろん、マンションの住人には掃除とかクリーニングとかのホテルで行うサービスが提供されるんでしょうから、奥様方にはとてつもなく魅力的な住まいになりますよ」

「そこに日本人が集中して住むようになれば、出張者やお客さんをアテンドするのも楽になる。観光客だって、うちが経営するホテルとなれば、部屋のクオリティ、サービスの内容は重々承知。何があっても日本語で対応可能となれば、旅行客の需要も見込めるわけです。となれば、パック旅行を販売している旅行会社、航空会社としても、ムーンヒルホテルとの関係を深めておきたい。そう考えるんじゃありませんか?」

「なるほどねえ……」

中江は目を丸くして、俊太を見た。「それを小柴さんが?」

「そういうやつなんですよ。こいつは」

月岡は目を細めると、白い歯を覗《のぞ》かせた。「アジアに次々にそうした施設をとなれば、建設会社だって受注したいと思うでしょう。商社やメーカーにしたって、持ち株数によっては、優待割引が受けられるとなれば、魅力的な話です。そして、このビジネスが拡大していけば、ムーンヒルホテルの業績は格段にアップする。それはすなわち、株価が上がるということです。その一方で、国内ではビジネスホテル事業が順調に伸びていけば、月光会の皆さんだって、うちの株を買い増ししたいと思うでしょう？」

「もちろんです！　是非に！」

　中江の喜ぶまいことか。

　当たり前だ。この計画が実際に動き出す頃には、ムーンヒルホテルは再上場を果たしている。それまでの間に、ビジネスホテル事業が順調に拡大していけば、株価は間違いなく過去最高値を上回る。そこに、アジア事業が加われば、それこそどこまで値が伸びるか分からない。そこで、株式の分割をしようものなら、資産価値は増すばかり。いいことずくめ以外の何物でもない。

「実はこの話、すでに大坪さんにも話してあってね」

　月岡はいった。「もちろん大賛成だ。ただ単に安定株主でいてくれってお願いしても、そこは経営者だ。これから先の成長性を見極めないことには、ふたつ返事で引き受けるわけがないからね。だが、この事業計画を聞いた途端、それならいけるとおっしゃって、いま各企業に声をかけてくださっている最中なんだ」

「それは、良かった」

中江は、声を弾ませると、「しかしさすがですね。ハミルトンの狙いを先取りして、ムーンヒルホテルの事業拡大に結びつけるとは……。窮地に陥ると、どうしても守りに入りますから、攻めることで活路を見出《みいだ》すなんて考えはまず抱かんものですよ。しかも、敵の目論見《もくろみ》を逆手に取るとは――」

改めて俊太を見る。

「やはり、お前には天性の才があるんだな」

月岡は、感慨深げにいいながら目を細めた。「大したもんだ。大坪さんも感心してたぞ。なぜ、俺がお前を後継者と見込んだのか。その理由がはっきりと分かったと――」

「そんな……わしが後継者やなんて――」

日本最大級のホテルグループに成長したムーンヒルホテルを自分が率いていくなんてことは、いまに至るまで露ほども考えたことはない。

本来ならば、喜びを覚えるところだろうが、そんな気持ちは、微塵《みじん》も湧かない。むしろ、その時俊太が覚えたのは、戸惑いと恐怖である。

「社長……わし……これまで色々新しい事業の提案をしましたけど、それは、社長がいればこそです。提案するのは簡単です。だって、そやないですか。断を下すのは社長なんですから。駄目で元々。正直、そない安易な気持ちも、わしの中にはあった思うんです。そやけど、社長いうたら、今度は自分で考えたことは自分で決断せなならんし、部下が上げてきた案に断を下さなならんわけやないですか。どう考えても、わしにはそない重い役は務まらんと……」

「テンよ」

月岡は穏やかな声でいった。「提案しただけだっていうがな、大半の人間はそれができないんだよ。まして、お前は子会社の社長もやった。本社の役員もやった。十分に考える力もあれば、判断する力も身についているはずだ。あとは、自分に与えられた才と自らの判断を信じる力を育てるだけだ。このアジアの事業は、絶対に成功する。それは、間違いなくお前の自信につながるはずだ」

「そやけど……」

俊太は、一瞬口籠もると、「アジアで事業いうても、わし、英語が分からへんし……」

情けなくなって視線を落とした。

「英語?」

月岡は、声を裏返す。

視線を上げた俊太の前で、月岡は中江と目を合わせると、大声を上げて笑った。

「そんなもの、できるやつにやらせりゃいいじゃねえか」

「でも、社長……。正直いいますけど、このアジアの案を考えたのは、わしやないんです」

俊太は、必死の思いで訴えた。

「お前じゃない？　じゃあ、誰なんだ」

「文枝……です……」

なんだかばつが悪くなって、俊太は視線を落とした。

「文枝が？」

また、月岡の声が裏返る。

「文枝いうのは、びっくりするような才があるんです。今回の一連の経緯を話したら、要は安定株主を見つければいいんでしょう。それなら、ムーンヒルホテルがさらに業績を伸ばせる事業をやる計画を立てればええだけの話やいうて……。それで、その場でこの策を——」

「そうか、文枝がなあ……」

月岡は、感心したように唸った。

「文枝のどこにこないなことを考える力や、知識があったんかと、そらびっくりしたなんてもんやありませんで。感心するより先に、なんや、わし空恐ろしゅうなりまして——」

「あいつは、うちにいた頃から勉強家だったからな。世の中のことに、常にアンテナを張り巡らしてんだろうな。それに、亭主の一大事だ。これまでは亭主を立てるいい女房に徹してきたが、いまこそ力になる時だ。きっとそう思ったんだよ」

「そやし、わしが危機を救ったちゅうわけやないんです。文枝がおらなんだら——」

「つまんねえこというんじゃねえよ」

厳しい声で俊太の言葉を遮りながらも、月岡の目は笑っている。「それも、お前に運があるってことの証《あかし》じゃねえか」

「運？」

「そう運だ」

月岡は断じる。「考えてもみろよ。俺との出会いは、料亭『川霧』だ。下足番をやってたお前が、誰に命じられたわけでもないのに、客の靴を磨くなんてことをしてなけりゃ、俺の運転手になるなんてことはなかったんだ。文枝とだって一緒になるどころか、出会うことすらなかったんだぞ」

そういわれると、返す言葉がない。

黙った俊太に向かって、月岡は続けた。

「先のことは誰にも分からんが、人生ってのは、振り返ってみると、よくできているもんなんだよ。あの時、あの場所にいなかったら、あの時、あの人と出会わなかったら……人はそれを偶然っていうがな、俺はそうは思わない。全てのことは、あらかじめ決められているんだよ。そして、そのおかげでいまの自分があると思えるやつは、神様に愛されたやつ。つまり、運に恵まれた人間ってことなんだ」

月岡の言葉が、すとんと胸に落ちる。

「小柴さん。月岡さんのいう通りだよ」

中江がいった。「小柴さんは、素晴らしい奥さんをお持ちのようだ。亭主の危機に、こんな策を思いつく女房なんてまずいるもんじゃありません。周りの人間に恵まれる。危機という時に、助けてくれる人間が現れる。それ自体が強運の持ち主ってことなんです。これはね、本当にいくら欲しても手に入れられるものじゃないんですよ。そして、経営者にとって、最も必要なもののひとつが運なんです」

「テンよ……」

月岡が改めて呼びかけてくる。「株の件に目処《めど》がついた時点で、お前、社長に就け。この件については、大坪さんも北畑社長も同意している。新たに株主になってくださる方々も、反対はせんだろう。月光会の皆さんもだ」

「もちろんです」

中江が、即座に同意する。

「お前は、そうなるために生まれてきたんだ。社長になって、ムーンヒルホテルを率いるのが、お前の天命なんだ。もっとも、お前の運がそこから先も続くのかは分からない。だから、お前が不安に思うのは分かる。でもな、それは考え方次第だぞ。だってそうだろ。成功が約束された将来が分かっちまったら、人生なんて面白くもなんともねえだろ」

月岡は、そこでしげしげと俊太の顔を見つめ、「テンか――。テンってのは、お前の顔が動物の貂《てん》に似てるからってつけられた綽名《あだな》だったな」と問うてきた。

「はい……」

「確かに、似てるっちゃ似ているが、どうやら別の意味もあるのかもしれないな。テンは動物の貂じゃない。天下人になる。そっちのテンなのかもな……」

月岡は、考え深げにいった。

天下人のテン――。

その言葉を聞いた瞬間、俊太は鳥肌が立った。

あの劣悪極まりない環境の中から、一歩、また一歩と階段を昇り、気がつけばムーンヒルホテルの社長の座に就こうとしている。信じられないほどの立身出世だが、それが予《あらかじ》め己に課せられた運命だとしたら、確かに納得がいく。いや、そうとしか思えない。

ならば、この運がどこまで続くか。その先に待ち受けているのは、なんなのか。その結末をとことん見てみたい。

そんな気持ちが、急速に俊太の中で頭をもたげてきた。

「社長――」

俊太は腹を決めた。「わし……やらしてもらいます。社長のご期待にこたえられるよう、精一杯働かせてもらいます」

俊太は、声に力を込めると立ち上がり、直立不動の姿勢を取ると、深々と頭を下げた。

2

「――というわけで、月光会のメンバー企業の持ち株は、全て買収する目処がつきました。月岡の所有分からすれば、大した株数じゃありませんが、彼らは、謂《い》わばムーンヒルホテルの親衛隊ですからね。連中に見限られたことを知れば、月岡は大変なショックを受けるでしょうね」

いまの寛司に、渡米する仕事はない。

深夜の自宅でソファーに座り、足を高く組んだ寛司は、薄笑いを浮かべた。

相手は、いずれ自分が仕えることになる人物だが、傲慢不遜な態度で会話を交わせるのも、国際電話であればこそだ。

「功に免じて、うちが経営権を握った後も仕事をくれか……」

受話器を通して、デビッド・ハミルトンの苦笑する気配が伝わってくる。「日本はサムライの国だ。従者は主人に絶対的忠誠を誓い、事あらば運命を共にするものだと聞いたが、日本もアメリカも変わらんのだな」

「サムライなんて、いまの日本にはいませんよ。それに、彼らは商人ですから」

「なるほど、サムライではなく商人か」

デビッドは、ひとしきり声を上げて笑うと、「まあ、出入り業者にとっては、取引先の規模が大きくなればなるほど、仕事を切られようものなら即、死活問題だ。新しい主人に尻尾を振って擦り寄ってくるもんだからな」

お前も同類だとでもいいたげな、微妙なニュアンスを言葉に漂わせる。

「機を見るのに敏でなければ、ビジネスの世界では生き残れませんからね。ビジネスは食うか食われるかの戦いである以上、勝利しなければ意味がありません。それに、負けが見えた主人と運命を共にしたビジネスマンが評価されますかね。負けが見えていたなら、なぜ早いうちに仕える相手を替えなかったのか。己の判断力のなさを自ら証明するようなもんじゃないですか。そんな人間を、少なくともマネージメントクラスとして採用する会社なんて、あるわけがない。そうじゃありませんか？」

「確かに、その通りだ」

デビッドは、感心した様子で即座に同意する。

「それに、月光会が向こうから擦り寄ってきたのは、我々にとっても好都合です。彼らは、ムーンヒルホテルの経営方針や要求レベルを熟知しています。業者を一新すれば現場も混乱するでしょうし、ムーンヒルホテルの社員にしたって、経営がハミルトンに替わった途端、いきなりそんなことをやろうものなら、次は自分たちに何が起きるかと不安を抱くでしょう。なんだかんだいっても、事業は順調に拡大しているんです。人手はこれからも、ますます必要になることですし、経営権がハミルトンに移っても、何も変わらない。まずは業者、社員に安心感を覚えさせることが重要です。その点からいっても、株の譲渡と引き換えに、月光会にアドバンテージを与えるのは、理に適《かな》った戦略かと……」

「だからといって業者、社員ともに、甘やかすつもりはないぞ」

ハミルトンの経営方針を熟知しているからこそいっているのだ。

「日本の諺《ことわざ》に、急《せ》いては事を仕損じるというのがありましてね」

寛司は、ため息をつきたくなるのを堪《こら》えていった。「日本はかなり特殊な市場で、アメリカ流の経営が必ずしも通用するとは限りません。事実、ムーンヒル・インを始めるにあたっては、ハミルトンのマニュアルを導入しましたが、その後、日本流に改良されたものを、逆にハミルトンが取り入れるようになったじゃありませんか」

紛れもない事実を突きつけられて、デビッドは黙った。

寛司は続けた。

「日本人は急激な変化は望まないのです。理屈の問題じゃなく、長く日本という島国の中で培われた文化、風習というものが身に染みついているんです。大丈夫、結果は出してご覧にいれます。業者も従業員も、徐々にハミルトンの流儀に染め上げてみせますので……」

「グローバル企業の組織というのは、軍隊にたとえると分かりやすい」

デビッドは、いささか唐突とも思える言葉を口にする。「大統領は全軍の最高司令官だが、実際に軍を率い、戦いを指揮するのは各エリアの司令官。さしずめ君は太平洋軍司令官になるわけだ。どんな作戦を立て、どう戦うかは、敵を熟知している君が決めることだが、負けることは許されない。もちろん、限りある武器弾薬、兵力をいかに効率よく使うかも問われる。それを理解した上で、私を満足させる結果を出し続ける限り、好きにやったらいいさ」

なるほど、大統領も社長も英語では同じ「プレジデント」だ。ハミルトン王国を支配するのはデビッドだが、世界に展開するホテルの指揮を執るのは、地域を任されたコマンダーというわけだ。その中に新たに生まれる太平洋地域の長となれば、アメリカ海軍でいうなら第七艦隊司令官。そして、その先にはペンタゴン、国防長官の椅子がある。

パレスの住人になるのはその時だが、席に座るまでの青写真はすでにできている。

「ご期待に背くようなことは、決してありませんので」

寛司は、声に自信を込めて返すと、「月光会の意向は、近いうちに月岡に伝わるはずです。そろそろ次のアクションを起こす時かと……」

決断を促した。

「示談のことかね？」

「素直に応じるとは思えませんが、月光会の会長の中江というのは、月岡が刎頸の友と呼ぶほど信頼している男です。それに、中江はムーンヒルホテルのメインバンク、帝都銀行の頭取とも深い親交がありましてね。中江が売却に応じる姿勢を見せるからには、銀行の同意を取り付けているはずです。そして、頭取とも、月岡は公私にわたって極めて親しい間柄にある。つまり、月光会に帝都銀行、これまで自分を支えてきた友人たちに、月岡は見放されたわけです。さすがの月岡も、心が折れますよ」

「友人、それも親友の裏切りは、何よりもこたえるものだからな」

デビッドが薄く笑う気配が、受話器を通して伝わってくる。「いいだろう。その旨、私の方から日本側の弁護士に指示を出しておこう。君に『ハミルトンにようこそ』といえる日が来ることを心から念じているよ」

その言葉を最後に、デビッドは受話器を置いた。

寛司もまた受話器を置きながら、正面のソファーに座る真澄に目をやった。

真澄も英語は堪能《たんのう》だ。寛司の言葉からだけでも、話の内容には察しがつく。

「いよいよね」

化粧を落とした真澄の瞳に、サイドスタンドの明かりが反射して、妖しい光が宿る。

「太平洋軍司令官だとさ」

寛司はこたえた。「ああ見えて、社長は妙な男気があるからな。絶対的信頼を置いていた人間に、見捨てられたとなりゃ、そりゃあ応えるさ。それに、不正行為にはとことん厳しいのがアメリカだ。向こうで訴訟を起こされれば、損害賠償に加えてペナルティーのダブルパンチだ。さっさと示談に応じた方が、得だっていうことは馬鹿でも分かる」

「あなたが、その太平洋軍司令官に就任したら、誰がこの絵を描いたかって分かっちゃうんじゃない？　失望が怒りに変わらなければいいけど……。あの人、怒ると怖いわよ」

「怒ったところでどうなるよ」

寛司は鼻でせせら笑った。「その頃は、ムーンヒルホテルは、すでにハミルトンのものになっちまってるんだ。それに、俺が社長になったとしても、能力を買われただけだって見方もできる。これまでだって、海外事業は俺がひとりで仕切ってきたようなもんだし、能力を認められたやつだけが生き残れるのがアメリカ企業だ。社長だって納得するだろうし、俺が経営を任されると知りゃあ、組織、人事も含めて手荒なことはすまいと思うだろうさ。むしろ、安心するんじゃないのかな」

「それはいえてるかもね」

真澄は納得した様子で肯定すると、「で、その人事だけど、小柴さんはどうするつもり？　役員で置いておくの？」

「テンが社長になるかもしれない――」

月岡の考えを告げて以来、俊太に抱く真澄の感情は決定的に変化した。

夫が俊太に仕えることになるだけでなく、文枝が社長夫人になり、自分の上に立つ。まして、社長以上の地位は、ムーンヒルホテルには存在しない。もはや逆転は不可能。引退を迎えるその日まで、主従関係は続くのだ。

真澄とて、名のある大学を卒業し、しかも先代の秘書として働いたのだ。ムーンヒルホテルの女子社員の仕事としては、最高の職である。まして、アメリカで長く生活し、英語も堪能。もし、月岡が社長の座を譲るなら、夫以外にないと考えていただろうし、自分こそ社長夫人に相応《ふさわ》しいという自負の念も抱いていただろう。

それが、中卒の文枝に攫われる。そんなことがあっていいはずはない。絶対にあってはならない。そう考えるのも当然のことだ。

謀反《むほん》の決意を告げた時、真澄は反対しなかった。それどころか、口にこそ出さずとも、謀反の成り行きを息を潜めて窺《うかが》っている気配が日増しに強くなっていくのを寛司は悟っていた。

何気ないふりを装いながらも、棘《とげ》を含んだ口調で訊《たず》ねてきた。

「どうしたらいいと思う？」

真澄の考えは承知しているが、寛司は敢《あ》えて問い返した。

「アメリカの会社になるんだもの、小柴さんは英語が全然できないんでしょう？　いくら頑張ったって、意思の疎通を欠くんじゃ、いつまで経《た》ってもローカルスタッフの一員。あなたの脅威になるとは思えないけど、世界有数のホテルグループの役員が中卒ってのは、さすがにねえ」

真澄は、あからさまに嘲り笑いを浮かべる。

「かといって、馘《くび》ってのもさすがに寝覚めが悪いしな。本社の役員からは下りてもらうが、ビジネスホテル事業を子会社化して、そこの役員にでもしてやるか」

「そんなの駄目よ」

真澄はとんでもないとばかりに首を振る。「実績だけで社長になろうかってところまで昇り詰めてきた人よ。あなたはことごとく、あの人の後塵《こうじん》を拝してきたんじゃない。そんな人を子会社とはいえ、会社の中に置いておくなんて危険だわ」

ことごとく後塵を拝してきた、といわれると、さすがにプライドが傷つく。

しかし、俊太が思いもよらぬ発想で、新しいビジネスをものにしてきたのは事実である。それにもかかわらず、過去の経緯からして、こともあろうにこの自分が引導を渡そうものなら、不審を抱く人間も少なからず出て来るはずだ。

「じゃあ、こうしよう」

寛司は、ふと閃《ひらめ》くままを口にした。「球団の社長ってのはどうだ。ハミルトンはプロ野球球団の経営なんかに興味を持つはずがない。黒字といっても、グループに大きな利益をもたらしているわけじゃないからな。無駄なコストだ、さっさと手放せといってくるに決まってる。まあ、そうはいわれても、高い買い物になるわけだし、買えば買ったで維持費もかかる。買い手だってそう簡単には現れるわけがない。短い期間にせよ、あいつに居場所を用意してやれるわけだ。そして、買い手が現れた時点でお役御免。あとは野となれ山となれ。その先をどうするかは、あいつ次第ってことになる」

「球団ねえ――」

真澄は、目元を緩ませると、「それなら、いいかも」

口元に含み笑いを浮かべながら、心底愉快そうにいう。

「本社の役員を退任するにあたっては、応分の功労金も出るし、球団社長になりゃ、売却までの期間とはいえ給料ももらえる。もちろん報酬は格段に下がるが、テンの生い立ち、学歴を考えりゃ、それでも出来すぎの人生だ。あいつだって納得するさ」

「短い間っていうなら、あなたは大丈夫なんでしょうね」

真澄は、一転して顔から笑みを消し真顔で訊ねてきた。

「大丈夫って何が？」

「決まってるじゃない。あなたが社長になってからのことよ。ハミルトンがムーンヒルホテルを手に入れられたのは、あなたの功績に間違いはないとしても、そこから先は常に増収増益を求められるのよ。日本企業じゃ、上へ行けば行くほど仕事は楽になるものだけど、アメリカ企業は逆じゃない。期待通りの結果が出なけりゃ、あっさり馘でしょ？」

「心配するな」

寛司は苦笑した。「ビジネスホテル事業は当分の間拡大し続ける。それだけでも、全体の業績は右肩上がりで伸びていくのは目に見えてんだ。どう考えたって、俺の評価が悪くなる要素はない。まっ、六年……いや、五年もすりゃあ、日本とはおさらばさ」

「アメリカに戻れるのね」

真澄はうっとりした目をして、熱に浮かされたかのようにいう。

「ああ……それも、パレスの住人としてね」

アメリカと日本のどちらの生活が快適かといえばこたえは明らかだ。

もっとも、それもカネ次第。持たぬ者には厳しいが、持てる者は望むもの全てを手にすることができる社会。それがアメリカである。

安全も、快適にして大きな住まい、ボート、果ては飛行機に至るまで、カネさえあればなんでも買える。しかも日本では到底考えられぬ破格の安さでだ。

ハワイで暮らしていた時分は、ムーンヒルホテルの駐在員に過ぎなかったが、それでも日本にいた頃に比べれば、格段に快適な生活を送ってきたのだ。ハミルトンの役員ともなれば報酬は桁違い。実績を挙げれば挙げるほど、報酬は格段に増えていく。

そして、有能とみなされれば、さらなるステップアップへのチャンスがやって来るのがアメリカだ。それが、また報酬のアップにつながる。

あのドヤで生まれた自分にこんな日が来ようとは——。

寛司は、自分は神に愛されたひとりではないかと、ふと思った。

人生を振り返る時、「もし」を考えるのは人の常だが、何かひとつ欠けていても、いまの自分はなかったことは確かである。そもそも大恩ある月岡を裏切ることになったのが、あの俊太をこの会社に引き入れたことに端を発するとなると、もし、あの男の存在がなければ、自分は生涯月岡に仕える身で終わったのではないか。いや、仮に月岡が自分を次期社長に任命することはあっても、世界に冠たるハミルトンの役員に就任することなどあり得なかったのだ。

いったい、俺はどこまで昇り詰めるのか……。

そこに思いが至ると、この先にどんな栄光が待ち受けているのか、寛司は身震いするような興奮を覚えた。

「乾杯しようじゃないか」

寛司はいった。「俺の将来に……天下人となる、その日を願って……」

「その言葉、信じていいのね」

真澄は嫣然《えんぜん》と微笑《ほほえ》む。

寛司は静かに、しかし、力強く頷くと、

「もちろんだ。どうやら。俺はそうなる星のもとに生まれてきたらしい」

きっぱりと断言した。

3

蘆沢が経営するミカドコンサルティングは、青山にある。

社長室の窓からは、表参道の欅《けやき》並木が間近に見える。

月岡が株を売却するにあたって、蘆沢の支援を取りつけるために、俊太が蘆沢のもとを訪ねたのは、社長就任を承諾した、ひと月半後のことだった。

腹違いとはいえ、月岡と蘆沢は兄弟である。本来なら、月岡が自ら話をつけるべきなのだが、生まれてこの方、ただの一度も会ったこともない間柄だ。まして、実父の葬儀にも列席は許されず、婚外子として生まれ育ってきたのだ。月岡が蘆沢に仕事を与えてきたのも、当然と考えているかもしれないし、本家に対して複雑な感情を抱いているかもしれない。しかも、遺産の相続にすら与《あずか》れなかったとあっては、月岡の窮地を積年の思いを晴らすチャンス到来と考え、株を法外な値段で買い取れといい出すことも考えられた。

俊太が知る限り、蘆沢が無理難題を突きつけてくるような男とは思えなかったが、人は状況によって豹変《ひょうへん》するものだということは、寛司が謀反を起こしたことからも明らかだ。まして、ムーンヒルホテルグループのこれからがかかった話である。そこで、次期社長に内定した俊太が、交渉役を担うことになったのだ。

「なるほど。月岡さんは、もはやご自分がムーンヒルホテルに絶対的影響力を及ぼせないことを客観的に証明するために、持ち株比率を三分の一以下にまで落とす。しかし、私の持ち株分を、月岡さんの持ち株と合わせれば三分の一以上を確保できる。ムーンヒルホテルの経営はいままで通り、月岡さんの承諾なしには何事も進まないってわけですか」

蘆沢は、眉をぴくりと吊《つ》り上げると、「それじゃあ、また、世間を欺くことになるじゃありませんか」

肩をすくめながらいった。

「それは違います。これは、あくまでもハミルトンからムーンヒルホテルを守るための手段なんです」

俊太はすかさず返した。「会社の基礎を築かはったのは先代ですが、グループをここまで大きくしはったのは月岡社長。まさに、社長は中興の祖です。グループはまだまだ大きゅうなる。国内はもちろん、海外にも出ようという時になって、アメリカ企業に攫われる。それも、自分の過ちにつけこまれるような形でとなれば、そりゃあ、社長でなくとも、我慢できるものではありませんよ」

「しかし、月岡さんは、記者会見まで行って、きっぱり経営から手を引くと明言したじゃないですか。あの言葉に嘘偽《うそ》りがないのなら、どうしてこんな話を持ちかけてくるんですか。上場企業は株主のものです。絶対多数を握った大株主の意向には逆らえないものなんです。私を味方につけようとしているってことは、社長が誰になろうとも、自分の意にそぐわないことをさせるつもりはない。それじゃあ、月岡さんが社長をやっているのと変わりないじゃありませんか」

「そうじゃないんです」

どうやら、自分の説明が足りなかったらしい。「社長は以前から、月岡家がムーンヒルホテルの経営に携わるのは、自分の代で終わりだ。常々そういってはったんです。だから結婚もしなければ、子供を持つということも、一族の中からも、誰ひとりとして会社に迎え入れることもしなかったんです」

その言葉に、蘆沢は目を見開くと、何か言葉を発しかけたが、それより早く俊太は続けた。

「私……会社に入る前、社長の専属運転手をやってたんです」

俊太の経歴など知るはずもない蘆沢は、

「専属運転手？」

耳を疑うかのように問い返す。

「社長のご自宅に住み込みで、どこへ行くにも車を使う限りご一緒させていただきました。車の中ではふたりきりです。そら、いろんな話を聞かせてもらいました」

蘆沢は小さく頷き、先を促す。

「社長が生まれたその時から、将来ムーンヒルホテルを率いる人間になることを約束されていたのは事実です。贅沢《ぜいたく》な暮らしをしてたのも、放蕩《ほうとう》三昧、湯水のようにカネを使ってはったのも事実です。でも、家庭的に恵まれていたかといえばそれは違います。先代は、ほとんど家に帰ってませんでしたから、奥様との関係は、それはもう、傍目《はため》からも殺伐としたもので……。だから社長は、先代の轍《てつ》を踏んではならない。いや、自分の体に先代の血が流れている以上、同じことをするかもしれない。それを恐れて――」

「そんなもの本人の、意志、決意の問題でしょう。別に、外に女性を作らなければいいだけの話で、お母様が散々苦労なさった姿を目の当たりにしていれば、それこそ同じ轍を踏んではならない、妻子を泣かせない幸せな家庭を作らなければならない、という気持ちを持つのが当たり前ってもんですよ」

「月岡家のような家では結婚相手も自分では選べないのです……」

俊太は声を落とした。「結婚は家と家との結びつき。閨閥《けいばつ》作りも結婚の目的のひとつなのはいわずもがなです。社長のもとには、山ほど縁談が持ち込まれましたが、愛せればいい。しかし、そうでなかったらどんな家庭になるか。まして、相手だって、自分の家と家の結びつき、閨閥作りの目的を持っての結婚かもしれないわけですから、自分を愛してくれるとは限らない。外に女性を儲《もう》けなくとも、先代と同じ殺伐とした家庭になる可能性だって十分考えられたわけです」

蘆沢も、思い当たる節があったのだろう。

鼻で大きく息を吸い込むと、

「確かに親父《おやじ》には、うちのお袋も随分泣かされたからなあ……」

苦々しくいい、ほっと息を吐いた。

「社長が先代の経営手法を踏襲しなかったのも、その表われです」

俊太はいった。「人は、生まれ育ちや学歴で決まるものじゃない。力のある人間にはどんどんチャンスを与え、期待にこたえれば、年齢にかかわらず昇進させる。信賞必罰、働きがいのある会社にするという経営方針を掲げ、それを社長は実行したんです。中卒の私が、役員になれたのが何よりの証で——」

「中卒？」

蘆沢は、あんぐりと口を開けると、「いや、失礼……しかし……」

声を吞んだ。

「私は、横浜のドヤ生まれでして……。社長と初めて出会った頃は、新橋の料亭で下足番をしていたんです。そこで社長に拾われて運転手に、そしてムーンヒルホテルの債権回収を任されるようになりまして……」

「そうか……そうだったんですか……」

「社長は、ほんま情に厚い人なんです」

月岡のことを語りはじめると、どうしても地の言葉が出てしまう。「私の家内は、社長の家で住み込みの女中をやってたんです。先代が亡くなった時は、社長、蘆沢さんにも財産を分与すべきやいわはって、そら、奥様と揉《も》めに揉めたと……」

「私たちに財産分与？　それ、本当のことですか」

「ほんまです」

俊太は大きく頷いた。「家内は新潟の出で、中学を卒業してすぐに月岡家に女中奉公に上がりました。社長にも、奥様にも、それはようしていただいたご恩があります。家の中で見聞きしたことは、墓場に持って行こう思うてたんですが、事は大恩ある社長の危機です。そやし、はじめてわしに打ち明けたんです。蘆沢さんかて、私生児として育ったんや。苦労なさったはずや。認知されてはいないいうても、相続に与る権利はある。社長は奥様に、そないいわはったと……」

蘆沢は、なんとも複雑な表情をして押し黙る。

しかし、否定的な沈黙ではない。想像だにしなかった事実を聞かされ、戸惑っているのだ。

「そやけど、奥様は頑として社長の意見を受けつけなかったそうです」

俊太は続けた。「先代が蘆沢さんに、株を与えられていたことが分かったからです。先代には、他にも女性がいたそうですが、株を与えられたのは、蘆沢さんをおいて他にいません。先代にとって蘆沢さんのお母様は特別な存在だったわけです。社長のことです。財産分与を頑として拒む、お母様の気持ちも分かる。かといって、ご苦労なさったであろう、蘆沢さんを放っておくわけにもいかない。まして、訴訟を起こすこともできただろうに、そうした手段に打って出ることもない。なんとか報いなならんそない思わはったに違いないんです。となればできることはただひとつ。蘆沢さんとムーンヒルホテルとの関係を継続することです。そやし、社長は奥様には内緒で……」

「確かに、月岡さんが社長になっても、お袋とのビジネスも、私とのビジネスも条件ひとつ変えることなく続けてくれたよな」

蘆沢は、ぽつりといった。

「社長は嘘をいうような人ではありません。こうと決めたからには、自分の欲で前言を翻すような人ではないんです」

俊太は、蘆沢の視線を捉え断言した。「面と向かって口に出す人間こそいませんが、社長の経営方針を内心面白くなく思うてた社員は、そらぎょうさんいたと思います。私のような人間が、専務になるような会社になれば、そら――」

「分かります……」

その先は話さなくてもいいとばかりに、蘆沢は俊太の言葉を遮ると、「さぞや、大変な思いをされてきたでしょうね」

そっと視線を落とした。

「持てる者は、持たざる者の気持ちは分からんものです。持てる者は、持たざる者を色眼鏡で見るのが世間やということも分かっています。正直、役職が上がるにつれて、自分はやっぱり異物として見られている。そないな思いが強くなるばかりであったことは否定しません。そんな中で、今日まで耐えてこられたのは、唯一わしを色眼鏡で見なかった人が社長やったからです。社長の恩に報いななならん。その一念があったからなんです」

俊太は、そこでぐいと身を乗り出すと、「生まれ育ちで人の一生が決まるもんやない。人の一生には運、不運はつきものや。ならば、挽回《ばんかい》のチャンスを与えるべきや。仕事は履歴書を首からかけてやるもんやない。真の実力、人間力が試されるのが仕事や。社長は、ムーンヒルホテルをそないな会社にしたいと思わはった。その一念で、これまでずっとやってきたんです」

声に力を込めて断言した。

短い沈黙があった。

やがて蘆沢は、小さく息を吐き、口を開いた。

「ハミルトンのものになったら、月岡さんのこれまでの努力も水の泡か……。それじゃあ、他人の好きにさせないだけの株を持っておきたいと考えるのも無理はないな。アメリカはチャンスの国だ、実力主義社会だっていわれるけど、そんなのは嘘っぱちだ。学歴、コネ社会の最たるものだからね」

そして、改めて俊太をじっと見つめ、「ひょっとして、月岡さんはあなたを社長に据えるつもりなんじゃありませんか？　そうなんでしょう？」と訊ねてきた。

もはや隠し立てする必要はない。

「はい……」

俊太は躊躇《ちゅうちょ》することなくこたえた。

「そうか……。本当に、自分の夢を実現するつもりなんですねえ」

「正直申し上げて、私のような者に社長が務まるやろかとは思います。ですが、ムーンヒルホテルグループをさらに拡大していくプランを出したからには、それを実現する義務が私にはあります。社長から受けたご恩に報いるためにも、ムーンヒルホテルをまずはアジア一、そして世界一のホテルグループに育てあげる。それが私の夢です」

「そうか……」

蘆沢は大きく頷くといった。「月岡さんのお考えは分かりました。正直いって、ムーンヒルホテルがハミルトンの手に渡れば、私のビジネスだってどうなるか分かったもんじゃありませんからね。小さいとはいえ、五十人からの従業員を抱えているんです。切られようものなら、大変なことになりますし、月岡さんに見込まれた小柴さんが、これからどんな働きをするのかが見たくなってきた」

「それでは」

「いいでしょう。株は絶対に手放しません。第一、父が亡くなったあの時、そこまで私たち親子のことを考えてくださっていたことを知ってしまったからには、断ることなんてできませんよ。それこそ、恩を仇で返すようなことになりますからね」

蘆沢は、晴れ晴れとした笑みを顔いっぱいに浮かべると、「小柴さん、ひとつ、お願いがあるんですが」

一転して真顔でいった。

「なんでしょう」

「月岡……いや……兄さんに、お目にかかる席を設けてもらえないでしょうか」

蘆沢は照れ臭そうに月岡を、はじめて兄さんと呼び、「いや、この歳《とし》になるまで、ただの一度も会ったこともなければ、言葉ひとつ交わしたこともないんです。妾宅《しょうたく》の人間が本家に……それも跡取りに声をかけるわけにもいかないし、それに……」

そこで、急に口籠もった。

「それに……なんでしょう？」

「いや……、さっき私たちが、遺産相続の訴訟を起こさなかったとおっしゃいましたが、実は、母はね、その訴訟ってやつを起こそうとしたんですよ」

「えっ……ほんまですか？　じゃあ……」

「私が止めたんです」

蘆沢はいった。「そりゃあ、月岡家の財産は莫大だ。誰だってカネは欲しい。でもね、私にだって矜持《きょうじ》ってものがある。正直いって、私生児ってのは、いろいろ他人の憶測を呼ぶものでね。それこそ、色眼鏡で見られて、辛い思いをしたことだっていやというほどありましたよ。運動会、学芸会ともなると、クラスメートの家は、両親揃《そろ》って観《み》に来てるってのに、いつもうちはお袋ひとり。外車に乗った男が頻繁に家に出入りしてるってのにね。友達を家に誘っても、誰も来てくれない。遊びの場でも、仲間はずれだ。そんな経験が積み重なれば、いつの間にか父親は憎しみの対象になりますよ。そんなやつが稼いだカネを、訴訟まで起こしてもらうのは、あまりにも浅ましいじゃないですか」

先代の庇護《ひご》のもと、経済的には何ひとつ不自由することなく暮らしてきたはずの蘆沢にして、やはり出自というものに苦しんできたことを、俊太は改めて知った気がして沈黙した。

「東大に合格できたのも、勉強以外にやることがなかったからだし、色眼鏡で見る連中を黙らせるためには、それしかなかったからなんですよ」

蘆沢は、遠くを見るような目でいう。「でもね、勤めていた会社を辞めて独立したはいいが、事業なんてものはそう簡単にうまくいくものじゃない。結局、親父に助けを求めることになったんだ。あれは、本当に惨め、いや屈辱以外の何物でもありませんでしたからね。その上、遺産をくれだなんて、口が裂けてもいえるもんじゃありませんよ」

「ご苦労なさったんですね……」

「苦労？　それは、小柴さんが味わってきたものに比べれば、苦労のうちには入りませんよ」

蘆沢は、自嘲めいた笑いを浮かべた。「おかげで経営も軌道に乗った。会社もそれなりに大きくなった。それもこれも、親父が、いや兄さんが、与え続けてくれた仕事があったからです。惨めだ、屈辱だといいながらもね……」

「五十人からの社員を抱えれば、そら経営者として責任がありますから……」

「そんな立派なもんじゃありませんよ。財産分与を放棄したからには、この程度のことは、当たり前だ。私の中に、そんな甘え、傲慢不遜な思いがあったんですよ」

蘆沢は、改めて俊太を見据えると、「その点、小柴さんは違う。自分の実力ひとつで、のし上がってきたんですからね。失礼を承知でいえば、私には学歴、それも日本最難関の大学を出たという勲章があります。東大を卒業したといえば、人の見る目は一変します。別の色眼鏡で見られるようになるものです。だけど、小柴さんは勲章ひとつ持つことなく、周囲を黙らせた。偉いと思いますよ。本当に大したものです。いや、小柴さんだけじゃない。小柴さんを認めた兄さんも、大したものだ」と、すっかり感心した態《てい》で何度も頷いた。

「いや……そないいわれると、わし、なんとおこたえしたものか……」

あまりの褒め言葉に、俊太は恥ずかしくなって、下を向いた。

「分かってくださいますよね。私の気持ち……」

蘆沢の声に、俊太は顔を上げた。「きっかけが欲しいんですよ。多分、兄さんもそう思ってくださっていると思うんです。そうでなければ、異母兄弟とはいえ、これだけ大事な話なら、きっと兄さん自身が出向いて来たはずなんです。私のためだけじゃない。兄さんのためにもなることです。小柴さんが、兄さんに恩を感じておられるのなら、これも立派な恩返しのひとつになるじゃありませんか」

もちろん、端《はな》から断るつもりなどあろうはずもない。

母親が違うとはいえ、同じ父親の血を分けた兄弟が、長い年月を経てはじめて言葉を交わす。ふたりの間を隔てていた狭くも深い溝に橋を渡す役割を担うのは、俊太にとっても、喜び以外の何物でもない。

「喜んで！　社長もきっとお喜びになると思います！　会社に戻りましたら早々に連絡を取らせていただきます」

そうとなったら、一刻も早く会社に戻らなければならない。

胸の中を、沸き立つような喜びが満たしていくのを覚えながら、俊太は席を立った。

4

臨時役員会が開催されたのは、それから半月後のことだった。

役員会では、事前にその日の議題が配布されるのが常である。臨時となればなおさらなのだが、今日に限っては現社長の北畑と俊太を除いて、会議の目的を知る者はひとりとしていない。

会議の開始は、午後一時。続々と会議室に姿を現す役員たちは、皆一様に怪訝《けげん》な表情を浮かべ、無言のまま着席する。面子《メンツ》が揃うにつれ、部屋は異様な緊張感に包まれた。

しかし、ただひとり、寛司だけは違った。まるで今日の議題を知っているかのような落ち着きぶりで、その姿からは、威厳さえ感じるようである。

全員が揃ったところで、上座に座る北畑が、

「では、臨時役員会を始めます」

重々しい口調で宣言した。「本日の会議の議題は、月岡前社長の持ち株売却に関しての報告です。ついては、異例のことですが、直接月岡前社長ご本人から、ご説明をいただくことにいたします」

部屋の片隅に控える秘書室長に目で合図を送った。

ドアが開き、月岡が入って来ると、部屋の空気が一変した。

議題もさることながら、退いたとはいえ、やはり月岡の威光はいまもなお健在である。全員が姿勢を正し、月岡の言葉を待つ姿は、かつての役員会の光景そのものだ。

「では、月岡前社長、お願いいたします」

隣の席に座った月岡に向かって北畑が促した。

「まず最初に、役員会議に出席することをお許しくださった北畑社長に、お礼を申し上げます」

月岡は深々と下げた頭を上げ、改めて前を見据えると、本題を切り出した。

「皆さん、ご承知の通り、株主名簿の虚偽記載に端を発する上場廃止によって生じた損害を巡って、ハミルトンホテルから訴訟を起こされております。裁判自体は、まだ始まっておりませんが、この度、ハミルトンホテル側から、示談の打診がありました。条件は、私個人が所有する全株式の二十三パーセント分の株をハミルトンに売却するというものです。売却価格は、一株あたり、上場廃止前の半値。これは、上場廃止に伴って発生したハミルトンが所有する株式の損失分と、ブランドイメージが毀損されたことへのペナルティーを加味してのことです。示談によって、ハミルトンの保有株式の割合は、全株式の三十パーセントを超えることになります。つまり、事実上、ムーンヒルホテルはハミルトンの傘下に入ることを意味します。まだ先方には返答しておりませんが、事はムーンヒルホテルグループの今後に関わる問題です。まず私の結論を、役員の皆様にご報告させていただくべきだと考え、ご報告に参上した次第です」

示談という言葉に次いで、事はムーンヒルホテルグループの今後に関わる問題といわれれば、月岡は応ずることにしたのだと誰しもが思うだろう。

果たして、役員たちの顔は凍りつき、声にならないどよめきと共に、室内の緊張感は極限に達した。しかし、その中でひとりだけ違った反応を示す者がいた。

寛司である。

一瞬だが、込み上げる笑いをすんでのところで堪えたかのように、微《かす》かに口元が歪《ゆが》むのを俊太は見逃さなかった。

カンちゃん。悪いが、思い通りにはならへんのやで。地獄を見るのは社長やない。あんたや。

内心でそう呟《つぶや》きながら、俊太は月岡の次の言葉を待った。

「結論からいうと、私は示談に応じない」

月岡がそういった瞬間、寛司はぴくりと肩を動かし、「えっ！」というように口を開けた。顔から血の気が引き、信じられないとばかりに目を見開き、呆然《ぼうぜん》とした面持ちで月岡を見る。

「訴訟は、間違いなくハミルトンの勝訴になるでしょう。そして、次はアメリカで同様の訴訟が起こり、そこでも同じ判決が出るはずです。私には莫大な賠償金を支払う義務が生ずるわけですが、それは株の売却で得たカネを当てることにします」

月岡は、そこでちらりと寛司に目をやった。

慌てて表情を繕う寛司だったが、月岡はすぐに視線を戻すと、話を続けた。

「さて、そうなると私の持ち株を誰に売却するのかですが、引受先については、まだ完全には決まってはいないものの、帝都銀行を通じて国内の有力企業に私の意向を打診してもらった結果、数多くの企業が強い関心を示し、目処がつきつつあります」

蘆沢が株式を手放さないことに同意し、さらに月岡を兄さんと呼び、会いたいといったことを伝えた時、月岡は電話口で絶句した。

そして長い沈黙の後、月岡の口を衝いて出た言葉に俊太は驚愕《きょうがく》した。

「テン……ありがとう……。本当にありがとう……。でもな、テン。啓太郎がそういってくれたのは嬉《うれ》しいが、俺もあれからいろいろ考えていたんだが、いまの言葉を聞いて決心したよ。ハミルトンが示談を持ちかけてくるとすれば、間違いなく俺の持ち株を狙ってくるはずだ。彼らが要求する株式の相当分を俺は手放す」

「えっ！　そしたらうちは……」

絶句した俊太に、

「大丈夫、心配するな」

月岡はいった。「啓太郎の持ち株を合わせて、三分の一以上を確保すれば、確かにハミルトンはうちを自由にすることはできない。だがな、やっぱりそれじゃあ、俺は世間に嘘をついたことになる。啓太郎は俺の弟だ。会社を守るためとはいえ、身内で三割強もの株を所有し続けるってのは、道義に反するからな」

「……はい……」

俊太は電話口で頷いた。

月岡の考えに間違いはないからだ。

「だがな、売却先はハミルトンじゃない」

「えっ？……じゃあ、どこに？」

「お前が発案した、アジア進出計画を聞いた時の中江さんの反応を覚えてるだろ」

そういって、月岡は自分の考えを明かし、その任を俊太に命じてきたのだが、その結果がいま明かされる。

月岡はいう。

「帝都銀行をはじめ、なぜ彼らがこの話に乗ったのか。それは、ムーンヒルホテルがこれから手がけることになる新たなビジネスプランが、極めて有望だと判断したからです。それについては発案者である小柴専務に説明してもらいます」

俊太は、静かに立ち上がった。

寛司の驚くまいことか。

何しろ、示談に応じないという結論も想定外なら、新たなビジネスプランを立案したのもよりによって俊太なのだ。

すっかり血の気が引いた顔が、さらに蒼白《そうはく》になり、愕然《がくぜん》とした面持ちで、俊太を見上げるばかりだ。

「ご説明申し上げます」

俊太は、それからしばらくの時間をかけて、アジア地域への展開、それもホテルのみならず、駐在員向けのマンションを併設した新事業計画を一同の前で話して聞かせ、

「――この事業が軌道に乗れば、アジア地域に駐在する日本人ビジネスマン家族に、ムーンヒルホテルの質の高いサービスや、快適な住環境が提供できるだけでなく、各地への出張者、観光客の需要も見込めることになります。特にマンションは全て賃貸ですから、一旦入居者が決まれば、最低でも数年間にわたって家賃収入が得られるわけです。しかも全戸高額物件ですから、利益率は日本国内の賃貸事業に比べて格段に高い収益性が見込めます。同時に、国内においては、ビジネスホテル事業を拡大していくと共に、さらにアジア地域へと進出すれば、少なくともアジアにおいてムーンヒルホテルは、唯一無二の一大ホテルグループの座をゆるぎないものにするでしょう。これだけの短期間のうちに、月岡前社長の持ち株の売却先に目処が立ちましたのも、これら事業の可能性を帝都銀行、及び企業各社の皆様にご理解いただけたからです」

経営の独立性が保たれた安堵《あんど》の表われか、居並ぶ役員たちの間から、ため息が漏れた。

しかし次の瞬間、全く想像だにしなかったことが起きた。

ひとりの役員が手を叩《たた》きはじめると、それはすぐに満場の拍手となったのである。

「凄《すご》い……さすがは専務だ」

「このビジネスはいける。成功は間違いない」

口々に賞賛の声が上がる。

ため息は、俊太が発案したビジネスプランへの驚嘆のものであったのだ。そして拍手は、ハミルトンの乗っ取りから会社を救った、俊太の働きに対するもので、ついに、彼らが俊太の実力を認めたことの証でもあった。

それが何よりも嬉しい。

目を細める月岡と視線が合った。満足そうに、大きく何度も頷く月岡の姿が喜びを倍増させる。

しかし、寛司は別だ。

拍手はしているものの、仕方なくといった様子が明らかだし、上目遣いに俊太を見る寛司の瞳には、もはや隠しようのない敵意、いや憎悪とも取れる感情が、ありありと浮かんでいる。

「小柴専務、ありがとうございました」

北畑の言葉をきっかけに、拍手が鳴り止《や》んだ。「そこで、私から提案があります。月岡前社長の持ち株を、多くの企業が引き受けてくださったのは、小柴専務が発案なさったアジア進出計画があったからこそです。それは同時に、我が社には全力を上げて、この計画を実行に移し、成功させなければならない義務が生じたということでもあります。直ちに着手したとしても、アジア一号店を開設するまでには、おそらく三年、状況次第では、四年はかかるでしょう。その間、一貫して陣頭指揮を執るとなると、年齢的に私は難しいと思うのです」

寛司の顔から表情が消えた。

しかし、内心で渦を巻く、激しい感情の揺らぎや肉体の反応は、意思の力で制御することはできない。蒼白だった顔色が、徐々に赤くなり、やがてこめかみがひくつきはじめる。硬く結んだ口元からは、歯嚙《はが》みの音が聞こえてきそうだ。

「これを機に、小柴専務に経営を委ねたいと思うのです」

北畑は続けた。「そもそもビジネスホテル事業にしても小柴専務の発案ですし、これまで陣頭指揮にあたってこられたのも小柴専務です。アジア進出と合わせて、ふたつの事業にムーンヒルホテルの今後の飛躍がかかっているわけですから、最適の人選だと考えるのですが、いかがでしょう」

経営から退いたとはいえ、月岡の影響力は絶大だ。その本人を前にしてのトップ人事となれば、事前承認を受けていることは明らかだ。まして、北畑は帝都銀行の出身である。メインバンクも同意しているに決まっているのだから、異を唱える役員などいようはずもない。

果たして、「異議なし!」という声が一斉に上がると、再び盛大な拍手が沸き起こった。

「ありがとうございます」

北畑は頭を下げると、「正式には、改めて役員会議を開き、株主総会で承認をいただいた上での決定となりますが、本日の臨時役員会で内諾をいただいたからには、小柴新社長には、存分に力を発揮していただけるよう、私と共に新体制に向けての人事も含め、直ちに準備に入っていただきます」

高らかに宣言した。

これもまた、異論が出るはずもない。

政治の世界にたとえるならば、企業の役員人事は組閣そのものだ。誰を大臣に据えるかは、総理大臣の専権事項。いまこの時点から、誰を残し、誰を外すかは、俊太の思うがままだ。

それが証拠に、俊太を見る役員たちの表情は、これまでとは一変し、笑みを浮かべる者もいれば、媚《こび》を売るかのような眼差しを向ける者すらいる。

すでに、政治が始まっているのだ。

「では、新社長からひと言――」

北畑が発言を促してきた。

「いや……それは、正式に社長就任が決定してからにさせてください」

俊太はいった。「次の取締役会では、私の社長就任はもちろん、退任、新任を含む、新体制の承認が議題になるはずです。挨拶は、それが決定してからというのが筋だと思いますので」

「それもそうですね」

北畑は、苦笑しながら同意すると、「では、本日の会議は、これで終わりといたします。皆さんご苦労様でした」

閉会を宣言した。

俊太は立ち上がりざまに、寛司に目をやった。

寛司は椅子に座ったまま、机の一点を見つめ微動だにしない。

しかし、視線を感じたのか、寛司は恐る恐るといった態で目を上げる。

その瞳に、先ほどまで宿していた敵意や憎悪の色はもはやない。そこに浮かんでいるのは絶体絶命の窮地に陥った人間が見せる恐怖の色である。そして、その中に、許しを乞うかのような感情が混じっているようにも思えた。

それが証拠に、寛司のこめかみの辺りから噴き出した汗が、一筋の流れとなって頬を伝っていく。

俊太は、その場に立ちつくしたまま、寛司の視線をしっかと捉え睥睨《へいげい》すると、ゆっくりと、小さく首を振った。

カンちゃん……。どないな沙汰が下るか、分かってるやろ。あんたは、社長を裏切ったんや。謀反を起こして、主人の首を取ろうとしたんや。武士の世界では大罪や。打ち首いうのが決まりやけど、情けをかけてやったんや。この場で糾弾されへんかったことだけでも感謝せなあかんで。どないけじめをつけるかは、いわんでも分かるやろ。

寛司を問い詰め、謀反を起こした償いとして、誠をいい渡すのは簡単だ。しかし、寛司にも恩がある。月岡にしたって、自分の右腕として信頼し、共に歩んできた腹心中の腹心である。誠は、武家社会では斬首。最大の恥辱だ。ならば、せめて最後は己で命を絶つ切腹を以て、名誉ある死を遂げさせたい。つまり、自らムーンヒルホテルを辞すことにさせようと、俊太と月岡の意向が一致したのだ。

どうやら、寛司も俊太の気持ちを察したらしい。

力なく瞼《まぶた》を閉じると、がっくりと肩を落とし、俯いたまま一切の動きを止めた。

まさか、カンちゃんとの仲が、こんな形で終わりを迎えるとは……。神様っちゅうのは、なんと酷《むご》いことをしはんのやろ……。

寛司との日々が思い出されると、なんだか俊太は泣きたくなった。

こんな寛司の姿を見るのが、たまらなく悲しく、何よりも忍びない。

カンちゃん……。さいなら……。

俊太は、胸の中で別れを告げると、会議室の出口へと歩きはじめた。

5

北畑の部屋を訪れたのは、臨時役員会で社長就任が内定した二日後の朝のことだった。

目的は、新体制に向けての役員人事である。

入社以来、何度となく訪ねてはいるが、自分がこの部屋の主人になるのだと思うと、やはり感慨深いものがある。

ここにはじめて足を踏み入れたのは、経理課で未収入金の回収をしていた頃、夏枯れ対策として行ったキャンペーンが、大反響を巻き起こした時のことだ。

あの日から自分の快進撃が始まったのだが、それもいまにして思えばである。

野心など抱いたことは一度もない。

ただただ、月岡の恩に報いなければ。月岡の喜ぶ顔が見たい。月岡に褒められたい。

その一心で、懸命に知恵を絞り、働き続けてきただけだ。

それが、月岡の椅子に、自分が座ることになろうとは……。

社長室は月岡の在任中と何ひとつ変わってはいない。執務机も椅子も、備品も家具も、何もかもがそのままだ。

俊太は他の会社で働いた経験はない。それに、入社の経緯が経緯だ。サラリーマンには違いないが、月岡に仕える身だと思いこそすれ、組織に仕える身だとは考えたことがない。

しかし、端から企業に職を求め、入社してきた人間は、そうは考えないはずだ。ひとつでも上の役職を、果ては社長を目指して、組織の中で激烈な出世レースを繰り広げる。そして、社長になった暁には、前任者の色を排し、自分の色に染め上げる。まずそこから取り掛かるのが、権力を握った者の常だ。

確かに、月岡の失脚は突然だった。帝都銀行でキャリアを積み重ねてきた北畑にしても、ムーンヒルホテルの社長就任は、青天の霹靂《へきれき》ともいうべき出来事ではあったろう。数字に強いことは間違いないとしても、北畑はホテルの経営に関しては素人同然だ。ひょっとすると、事態が落ち着くまでのワンポイントリリーフであることを告げられた上での就任だったのかもしれない。

だが、一度手にすれば地位にしがみつこうとするのが人間の性《さが》というものだ。まして、社長は一国一城の主《あるじ》である。

月岡の時代から、何ひとつ変わっていない部屋の様子を見るにつけ、俊太は改めて不思議な思いに駆られた。

「小柴さん。本題に入る前に、まずこれを……」

北畑はソファーに腰を下ろすや、テーブルの上に封書を置いた。

なんのへんてつもない白地の封筒だが、表には毛筆で「辞表」と書かれている。

紛れもない寛司の字だ。

「昨日の夕方、麻生さんがここを訪ねて来ましてね……」

北畑は封筒に目をやりながら、切なげにほっと息をつく。「何もいわずにこれを差し出しまして……」

寛司とは、一昨日の臨時役員会の場で別れて以来、会ってもいなければ、言葉も交わしてはいない。

俊太が社長に指名され、新しい事業計画までもが公表された上に、ハミルトンへの損害賠償金の支払いを命じられたとしても、自身が所有する株の売却代金で全てを賄うと月岡は明言したのだ。その引き受け先にも目処が立っているとあっては、もはや寛司になす術《すべ》はない。

まして、謀反を起こした動機が動機だ。俊太の下で働く気などあろうはずもない。

思った通りの行動だったが、

「理由は訊《き》かなかったんですか？」

それでも敢えて、俊太は問うた。

北畑は首を振ると、

「辞める理由はふたつしかありませんからね」

低い声でいった。「ハミルトンと通じ、うちを傘下にした功績を以て、次期社長になる野望が潰《つい》えた。小柴さんの下で働くつもりはない。そのいずれか、いや両方でしょう。どっちにしたって、会社にはいられないし、いるつもりもないってことに変わりはないんですから……」

確かにその通りだが、理由を訊ねられなかったことの方が、寛司には辛かったには違いない。月岡も、北畑も、そして俊太も、寛司が何を考え、何を狙っていたか、とうに見抜いていたことを暗に知らしめるようなものだからだ。

「では辞表にも理由は何も？」

「ただひと言、一身上の都合とあるだけです。まあ、そうとしか書きようがないでしょう」

北畑は、そこで視線を上げると、「で、どうします？」

不意に訊ねてきた。

「どうしますって……」

「辞表を受理するかどうかです」

「それは、前に社長にも同席していただいた上で、三人で決めたはずです。カンちゃんが裏切ったことは事実やけど、会社に貢献してきたこともまた事実。首を取るのは忍びない。切腹させようって——」

「小柴さん」

日頃温厚な北畑が、厳しい口調で俊太の言葉を遮った。「いいかげん、月岡さんを社長と呼ぶのを止めませんか」

「えっ……」

初めて耳にする厳しい言葉に、俊太は言葉に詰まった。

「もう月岡さんは社長じゃない。あなたは、このムーンヒルホテルグループの社長になることが決まってるんですよ。それをいつまでも、親離れできない子供のように、ふた言目には社長、社長って。小柴さんは、月岡さんに忠義を尽くしているつもりでしょうが、そう考えているなら、全く逆です。あなたに、この会社を任せた月岡さんに対する立派な裏切り行為ですよ」

「いや……つい……、なんせ、会社に入ってからずっと——」

ぐうの音も出ない。

俊太は、目を伏せながら頭を下げた。

「確かに、小柴さんを社長に任命したのは事実上月岡さんです。しかし、月岡さんは、新体制の人事はもちろん、今後会社の経営には、一切関与するつもりはない。あなたと私に一任するとおっしゃったではありませんか」

全くもって、その通りである。

無言のまま、ただ俯くしかない俊太に向かって、

「それだけじゃありません」

北畑は続ける。「自分が育てた部下に社長を任せることになったんです。本来なら、祝いの席のひとつでも設けるところです。月岡さんだって、そうしたい気持ちを抱いてもおられたでしょう。しかし、月岡さんは、そんなことはひと言もいわなかった。なぜだか分かりますか？」

北畑は、短い間を置くといった。

「小柴さんを社長に任命するのが、自分が会社にかかわる最後の仕事。今後は一切の関係を絶つ。ここから先は小柴さん、あなたが全てを決めるんだ。そういう意思の表われなんじゃないでしょうか」

はっとして、俊太は顔を上げた。

「小柴さん……」

北畑の声が穏やかになる。「在任期間が短い私でも、社長という職責の重さは身に沁《し》みて感じるものがあります。社長というのは、孤独なものです。判断を誤れば会社が傾く。全従業員、そして家族の生活も、全て背負うことになるんですからね。もち

ろん過ちを犯さぬよう、社長を支えるために、役員がいるわけですが、最終的に判断を下すのは、やはり社長なんです。聞く耳も持たなければなりませんが、場合によっては情を排し、心を鬼にして冷徹な沙汰を下さなければならないことだって多々あるんです。月岡さんは、そうやってこの会社を大きくしてきたんです。そんな大変な仕事でも、任せても大丈夫だ。自分がいなくとも、いや自分以上にうまくやれる。月岡さんは、そう確信したからこそ、小柴さんを社長に任命したんですよ」

月岡は情に厚い反面、仕事には厳しい。評価の基準は、あくまでも結果だ。会社のためになる働きをした人間しか評価しない。そして、兄弟同然の仲だった寛司との関係を知りながら、後継者のポストを競わせた。いまにして思うと、なんとも残酷な仕打ちだが、それも自分の後任として相応しい能力が、ふたりのどちらにあるのかを見極めるためであったのだ。

経営者ちゅうのは、会社のためなら、そこまでやらなあかん大変なもんなんや……。

俊太は、いま心の底からそう思った。

地位の重さ、責務の重さが、両肩にずしりとのしかかってくる。

しかし、その一方で、こうも思った。

幸い自分には月岡という手本がある。月岡がやってきたことを、まずは踏襲しながら改善すべきことを見つけ、実行していけば、この会社はきっと——。

強くあらねばならないと思った。

もちろん情は必要だ。しかし、時と場合によっては鬼にならねばならないとも思った。

「北畑さん。ありがとうございます」

俊太は、深く頭を下げ礼をいった。「カンちゃん……いや、麻生さんがいなければ、いまの私はなかったんです。麻生さんには月岡さん同様、返し切れない恩がある。いまでも、いや、一生麻生さんへの恩を忘れることはありません。これから先も、辛い判断を迫られることが幾度となくあるでしょうが、辞表を受理するのは、止《とど》めを刺すということです。切腹する人間の介錯《かいしゃく》をするのも同然です。恩義ある麻生さんの首を落とす……。正直いって、これほど辛いことは、そうあるものではありません」

もちろん、会社を辞めるのは、寛司の勝手だ。最終的に認める以外にないのだが、受理の断を下すのは上司である。副社長である寛司の上司は社長。正式に社長になるのはまだ先であるにせよ、内定した限りは断を下すのは、お前だ。そして、新体制には寛司は不要。月岡はもちろん、寛司がいなくとも、自分ひとりの力でムーンヒルホテルを率いていける。独り立ちする決意を新たにせよと、北畑はいっているのだ。

「麻生さんの辞表を受理します」

俊太は北畑の目を見据え、きっぱりといった。「去る者は追わずいいますし、有能な人材はどこでも欲しいものです。いや、そういう人間に限って会社を去るいうことは、これからも起こるでしょう。その度に、慌てるような組織では、成長なんか望めません。いなくなっても、それに代わる人間がなんぼでもいる。切磋琢磨《せっさたくま》させながら優秀な人材を育て、能力のある人間には、年齢も社歴も関係ない。入社してからが勝負。真の意味で、社員に働き甲斐《がい》を感じてもらえる会社にしなければなりません」

北畑が、笑みを浮かべながら大きく頷く。

「小柴さんも、いずれ次の世代に地位を譲る時が来ます。月岡さんは、ムーンヒルホテルの中興の祖といわれますが、小柴さんもそう称されることを目指さなければなりません。在任中に事業を拡大し、月岡さんに勝る功績を残せば、必ずやそう称されることになるんですから」

なるほど、うまいことをいう。

ビジネスは生き物だ。企業もまた同じである。

市場環境は常に変化するし、永遠の命を約束された企業などありはしないからだが、ただひとつ生き物と異なるのは、成長に無限の可能性があることだ。つまり、変化する環境に適応し、成長を続ける限り、生存し続けることができるのだ。そして、それを可能にするかどうかは、ただひとつ。中興の祖と称される経営者が、代々続くことである。

「お言葉、肝に銘じて……。そして、そう称されるであろう人間にバトンを渡す。それもまた、私の使命だと――」

北畑は、一段と目を細めると、

「じゃあ、小柴内閣の閣僚人事を始めましょうか。まず、空席になった麻生副社長の後任ですが――」

一転して、真顔になって切り出した。

小柴内閣という言葉を聞くと、何やらこそばゆい気持ちになるのだが、役員は内閣でいえば閣僚であることは間違いない。

その陣容は、社長に内定した段階ですでに練ってある。

俊太は、傍《そば》に置いたファイルの中から、一枚の紙を取り出すと、

「北畑さんには会長として残っていただくとして、僭越《せんえつ》ながら、こんな案を作ってみました。新しい、役員と組織案、そして今後グループが目指す方向性です」

テーブルの上に静かに置いた。

6

「社長、奥様がお見えです」

ノックの音と共にドアが開くと、秘書が告げた。

社長に就任して八カ月が経つ。

俊太が提案した案に、北畑は異を唱えなかった。

というのも、役員は全員留任させたからだ。

大幅に入れ替えることも考えないではなかったが、大半は月岡の時代に役員に就いた者たちである。それに相応しい働きをしてきたことに違いはないし、明確な理由なくして役員を一新すれば、社内が混乱するおそれがある。

それに月岡がいかに信賞必罰、実力主義を公言しようとも、組織が大きくなればなるほど、必ず派閥ができる。部下の評価は上司が下すものである限り、そこには必ず私情が入る。真っ先に昇進していくのは上司の覚えめでたい人間となれば、茶坊主ばかりが会社の中核を占めるようになる。それでは地位に相応しい人材は育たないことを懸念したせいもあった。

その代わり社長直轄の部署として、ふたつのプロジェクトチームを設けた。

ひとつは、アジア進出に向けて駐在員向けのマンションとホテル、商業施設を併合した施設プラン、および進出国のマーケティングを担うチームである。

まずは、是が非でも第一号店を成功させなければならない。アジアに巨大な市場があることは分かっている。そこで積み上げたノウハウを以て、一気に事業を拡大していくのが狙いである。

もうひとつは、ふたつの施設への集客を担当するチームだ。マンションについては、株主となった企業にニーズがあるのは分かっているから心配ないが、問題は旅行客の確保である。夏冬の長期休暇は、集客に苦労することはないとしても、問題はそれ以外の時期である。出張者だけでは常に満室というわけにはいかないのは明白で、となればハイシーズン以外の期間は観光客をいかにして集めるかが鍵となる。そのためには、現地の観光地や食、あるいは買い物などの楽しみ方を世に知らしめ、魅力あるパッケージを旅行会社と一体となって開発する必要がある。

しかし、海外案件は寛司が仕切ってきたという経緯もあって、これといった人材に心当たりはない。

そこで、俊太はこのふたつの部署を任せる人材を、社内公募によって選考することにした。

それも社歴、年齢は一切問わない。ムーンヒルホテルだけではなく、地方採用者含む、グループの全社員を対象にしたのだ。

ふたつの案件を成功に導くための企画書、及びビジョンを提出させ、自ら人選を行ったのだが、反響は驚くべきものだった。

そして、自らこのプロジェクトへの参加を志願するだけあって、熱意に満ち溢《あふ》れているのはもちろん、知恵を絞ったことが窺えるものばかりだ。しかも、二十代半ばの若手から、三十代半ばの中堅社員が大半である。

やっぱり、チャンスを与えるっちゅうのは、大切なんやな。歳や学歴と、手本のない仕事を手がける力は別物なんや——。

いつだったか、月岡にいわれた言葉が、改めて身に沁みた。

俊太は、その中からそれぞれ五名の社員を選出し、プロジェクトチームを結成した。

リーダーはいずれも三十代半ばだが、一号店が成功すれば、この事業は急速に拡大していく。チームはいずれ部となり、やがて事業部となる。もちろん、その過程では、新しい事業プランを考えつく人間も出て来るだろう。

アジア進出が軌道に乗った後の新事業は、何もホテルに関係せずとも構わない。ムーンヒルホテルの名を冠せずともいい。会社の資本と人材を使い、企画した社員を中心にしたプロジェクトチームが事業を育てる。そんなことが当たり前にできる会社になれば、事業は多角化していくし、何より社員にとっても若くして小さいながらも一国一城の主となれるのだ。結果的に経営者としての資質も磨かれれば、経験も積める。

もちろん、実績を挙げれば厚く用いはするが、その程度で満足するならそれまでだ。改善なきビジネスは存在しない。常に何ができるかを考え、結果を出し続けた者が、将来ムーンヒルホテルグループを率いる地位に就くことができるのだ。そして、そのチャンスは全社員にある。

それが俊太が考えた、これからのグループが目指す形だった。

ふたつのチームが設立されてから三カ月が経つが、同時にもうひとつ、俊太が手がけたことがあった。

社長室の改装である。

長くムーンヒルホテルに君臨してきた月岡の部屋に手を加えることに、抵抗を覚えなかったといえば嘘になる。しかし、月岡は二度と経営に関与することはない。これから先の全てを託されたからには、独り立ちの証として、この部屋からは、月岡の存在を窺わせる痕跡を、可能な限り消し去るべきだと俊太は考えたのだ。

もちろん、月岡には仁義を切った。

伺いを立てたのではない。

ただひと言、「社長室を改装しますが、机と椅子はどうなさいますか？」と問うただけだ。

「そんなもの、いらんよ。捨ててくれ」

月岡もまた、そう返しただけだったが、「改装が終わったら、呼んでくれ。新しいお前の部屋で祝いの酒を呑もうじゃないか」と穏やかな声でいった。

明日からは、この部屋で執務を行うことになる。

書類や備品を整理するのに二日を要したが、作業も夕刻になってようやく終わった。

最初にこの部屋に招き入れたいのは、やはり文枝だった。

社長に内定したと告げた夜、文枝は「ええっ……」と声を上げたきり絶句し、その場で固まった。月岡がそうした意向を持っていることは話してあったが、まさか現実になるとは思えなかったのだろう。

しかし、それはわずかな間のことで、次の瞬間、文枝の目から涙が溢れた。

「……本当に……本当に、よくここまで頑張って……」

ドヤ生まれで学もない俊太が、周囲からどんな目で見られてきたか。どれほど酷《ひど》い仕打ちを受けてきたかは、文枝が誰よりも知っている。

祝いの言葉でもない。喜びの言葉でもない。真っ先に「頑張った」という言葉が口から出たのが何よりの証だ。

「お前がいてくれなかったら、ここまで来れへんかった……ほんまやで……知恵を授けてくれたのもお前やし、よう、わしのようなもんと所帯を持ってくれたな……」

　その言葉に嘘はない。

　文枝に出会わなかったら、文枝が結婚を承諾してくれなかったら、月岡との出会い同様、いまの自分はなかったのだ。

　だから、社長室の改装を決心した時、一番最初にこの部屋に迎え入れるのは文枝と決めたのだ。

　会社をはじめて訪れる文枝は、ドアの傍に立つ秘書に向かって丁重にお辞儀をすると、部屋の中に視線を向けた。

「まあ……」

　文枝は目を丸くして驚きの声を上げた。

　壁紙には淡い山吹色を、絨毯《じゅうたん》は薄い浅葱《あさぎ》色を用いた。応接セット、執務机、そしてキャビネットの類いは無垢《むく》の木製で、表面にニスを塗っただけのものだ。見た目はシンプルだが、素材は上質なもので、ムーンヒルホテルの社長室に置くのに相応しいものを揃えてある。

「随分、明るい部屋ね。もっと重厚感漂うものにするのかと思った」

「月岡さんの部屋は、壁も家具もマホガニーっちゅう上等な木材で統一されとったからな。そら、豪勢なもんやったし、部屋に入った途端、途方もない威圧感を覚えたもんや。そやけど、それも月岡さんの風貌と相まってのことや。わしが、そないな部屋に座っていても様にならん。気兼ねせずに、会社のためになると思うなら、誰でもええ。遠慮のうここへ来たらええねん。取り上げられるかどうかは別の話やけど、必死に知恵を絞ることが大切なんや。そないな会社にしたい思うてな。そやし、思い切り、明るくしてん」

それは紛れもない俊太の本心だったが、実はこの部屋にはモデルがあった。

しかし、さすがの文枝も気がつかないと見えて、

「いい部屋じゃない」

文枝は目を細めた。「明るいし、開放感もあるし、とても地下にあるとは思えないわ。社員の皆さんが、新しい事業の提案を、ここで話す姿が目に浮かぶようだわ」

「八カ月しか経っとらへんけど、社長ちゅうのは大変な仕事やで」

俊太は、本心からいった。「最終的に、全ての経営判断をせなならんこともあるけど、考えなならんのは、今年、来年のことだけやない。どないして、グループが成長し続けるか、わしがこの地位を離れた後のことにも備えなならんのや。そやけどなあ、こない大きな組織になると、どこにダイヤモンドの原石が埋まっているか分からへん。それに、仕事と上司は選べへんのが会社やからな。向かん仕事かて、やれいわれたらやらなならんのや」

俊太がここまでに至る経緯が脳裏に浮かんだのだろう。

文枝は、感慨深げな眼差しを向け、静かに頷いた。

「仕事は好き、嫌いでするもんと違う。そのことは重々承知やけどな……」

俊太は続けた。「どんな才があるか、やらせてみないことには分からへんのが人間や。日本を代表する大会社かて、創業者がたったひとりで始めたいうのがぎょうさんあんねん。新しいことを考える才はあっても、他はさっぱりやいうのもおるやろし、帳面見るのが得意やいうのもおるやろ。そういう社員を拾い上げ、うまいこと組み合わせてチームを作る。その中から、次の経営を任せられる人間を見つけていく。そないしたいと思ってな」

「若旦那様からお預かりした会社だものね……。大変ね、あなたも……」

そういう文枝の顔には、いつの間にか笑みが浮かんでいる。

ドアがノックされたのはその時だ。

秘書が姿を現し、「月岡様がいらっしゃいました」と告げた。

「えっ、若旦那様が？」

文枝は驚きを露《あら》わに、俊太に視線を向けてくる。

俊太は、秘書に「お通しして」と伝えると、

「改装が終わったら、呼んでくれいわはってな。それにちょっとお願い事をしてん」

開け放たれたドアの向こうから、月岡が姿を現した。

あの臨時役員会以来だから、月岡に会うのは十カ月ぶりになる。

「ほう……。こりゃまた、思い切ってやったもんだなあ。ここに俺の部屋があったなんて考えられないほどの変わりようじゃないか」

すっかり様変わりした部屋をぐるりと見回す月岡に向かって、

「ご無沙汰しております……。まさかここでお目にかかるとは……」

文枝が声をかけた。

「なんだテン、お前、俺が来ることを文枝にいってなかったのか？」

「わしが社長になると決まった時から、ご挨拶に伺いたいといってたんですが、御礼いうのも変やし、なんといってええのか分からんいうもんで、文枝、ずっと気にしてたんです。いきなり会《お》うてまったら、あれこれ考えんでも済むやろ思いまして」

「ちょっと、あなた――」

文枝は、すっかり狼狽《ろうばい》して、視線を泳がせる。

「ははは」

月岡は、愉快そうに笑い声を上げると、「まあ、そうだよな。社長を降りた経緯が経緯だ。文枝も気を遣うよな」優しくいった。

文枝は、すっかり恐縮した態で、目を伏せる。

「でもな、文枝。こいつはなるべくして社長になったんだ。それだけの能力もあるし、人の気持ちを汲《く》む力もある。特に、人の気持ちを汲むってのは、社長になる人間には大切な要素なんだが、俺にはちょっとばかり、欠けていたからな……。しかし、こいつは違う。俺が見込んだ目に間違いはなかった」

月岡はそこで、俊太に視線を転ずると、「よくやった、テン！　安心したよ。お前の決意が籠もった部屋だ。立派なもんじゃねえか」

心底嬉しそうに目を細めた。

やっぱりそうだったのだ、と俊太は思った。

公言したことは絶対に守る。月岡はそういう男だ。経営を委ねたからには、何があろうと口出しはしない。まして、後任を決めたのは月岡自身となればなおさらのことだ。そして口にこそ出さなかったものの、月岡は内心でこうも思っていたに違いない。

これからは、ムーンヒルホテルグループを率いていくのはお前だ。俺を頼るな。俺を考えるな。自分の足で立つ時が来たことを自覚せよ——。

その決意の証を、いま月岡は目にしたのだ。

「茶室か……」

月岡は唐突にいった。

「分かりましたか」

俊太は、思わず照れ笑いを浮かべた。

「金は山吹色って称されるし、絨毯の浅葱色は畳だろ。秀吉の茶室は、金張りの壁に緋毛氈《ひもうせん》だが、さすがに社長室を金ピカにするわけにはいかねえもんな」

「ひ・で・よ・しって……」

文枝が、目を剝《む》いて驚愕する。

「いいじゃねえか」

月岡は満足そうにいう。「考えてみりゃあ、川霧で下足番をやってたお前を、俺がブッ叩いたところから始まったんだ。学もないお前が、俺の運転手から、ひとつひとつ這《は》い上がり、ついに天下を取った。まさに、秀吉そのものじゃねえか」

「月岡さんの期待に背かぬよう、ムーンヒルホテルグループを、ますます大きな会社に育てる決意を表わすために、秀吉にあやかろう思いまして」

俊太は、月岡の目を見つめながらいった。「ただし、秀吉に倣ういうても、秀頼に跡を継がせるつもりはありません。優れた人間を育て、グループをますます大きゅうしていく、確かな力を持った人間を育てるのも、わしの務めやと思うとります」

「その点は、心配してねえよ」

月岡は、ふっと笑いながら首を振ると、「おおい、額を運んでくれ」開け放たれたままのドアに向かって声をかけた。

表具屋か、作業服を着た中年の男が箱を持って部屋に入って来た。

長さは一メートル半、幅も一メートルほどある大きな箱だ。

独り立ちを決意したが、月岡と共にありたいという気持ちはやはりある。

だから、新装した社長室にかける額に、月岡の揮毫《きごう》を願ったのだ。

内容は月岡に任せるといっただけに、俊太も何が書かれているかは分からない。

男が箱の蓋を開く。額を覆っていた薄紙を取り去る。

そこには、ただ一文字、「天」とだけ、太く、堂々と、そして勢いのある筆さばきで、墨痕鮮やかに記してあった。

目にした瞬間、俊太は背筋が粟立《あわだ》つのを覚えた。腕に鳥肌が立った。

傍で、文枝が息を呑む気配がある。

男は額を手にすると、あらかじめ壁にしつらえてあった、鉤《かぎ》に書をかける。

漆塗りの額縁の中に浮かぶ「天」の文字。

部屋の雰囲気が一変した。

月岡の思いが、月岡の魂が、部屋にみなぎり、命が吹き込まれたような気がした。

「正直、なかなかいい案が浮かばなくてな。それで、啓太郎の知恵を借りたんだ」

「蘆沢さんに？」

「あいつ、すぐに『そりゃ兄さん、これ以外に考えられませんよ』っていってな」

月岡は書を見ながらいった。

「天は、果てども行けども行けども、限りなく広がっている。人間には終わりがあるが、天に終わりはない。ビジネスも同じなら、どこまで高みを目指せるか、それがこの部屋の主に課せられた使命だ。だから、これほど相応しい字はないと……」

「あ……ありがとうございます」

俊太は、深々と頭を下げた。

文枝もまたそれに続く。

「礼をいうのは、俺の方だ。腹違いでも、やっぱり兄弟ってのはいいもんだ」

月岡は、しみじみとした口調でいうと、「テンか……」

ふっと笑った。

顔を上げた俊太に向かって、月岡は続ける。

「前にもいったが、誰がつけたもんだか、本当にうまい綽名をつけたもんだ。テンのテンは天下の天だ。名は体を表わすというが、綽名にもそれはいえるんだな」

「お気持ちにこたえられるよう、頑張らさしてもらいます！」

「頼むぜ。訴訟は結局示談になったが、日本で大金を支払った上に、アメリカでの合弁事業は解消、ロスのホテルはそっくりそのまま、ハミルトンのものになっちまったんだ。これから先の生活は、株の配当が頼りだ。楽隠居ができるかどうかは、お前の経営手腕ひとつにかかっているんだからさ」

ハミルトンとの示談が成立したのは、俊太の社長就任が、株主総会で承認されてから二カ月後のことである。

ムーンヒルホテルを傘下に置く目論見が潰えたこともあるが、そもそも合弁事業を行っている一方が、敵対行為を働いたのだ。パートナーとして、ビジネスを継続するのは不可能だし、株主名簿の虚偽記載が発覚した経緯を追及すれば、そこに寛司が噛んでいることが明らかになる。そんなことになろうものなら、寛司は背任、ハミルトンだってただでは済まない。

ならば、早々に示談を成立させ、取れるものを取って、終戦にしたいと考えたのだろう、というのが交渉に当たった弁護士の見立てである。

どれほどの額で合意したのかは分からないが、それでも、月岡がムーンヒルホテルの個人筆頭株主であることに違いはない。莫大な資産もある上に、今後、再上場を果たせば含み資産は膨れ上がる。配当だけでも、いまの生活を維持することは十分可能だ。

「さて、額も納まったことだし、柿落《こけらお》としには酒がつきものだな」

月岡はいった。

「用意してあります」

俊太はこたえると、ドアの外に向かって、「酒を持って来てくれるか」と秘書に命じた。

ワインクーラーの中にびっしりと詰まった氷から突き出したボトルは、シャンペンである。キャップシールの色は黒。ボトルは緑を帯びた黒である。

「ドンペリか。随分張り込んだだな」

「後戻りできへん、長い航海への門出の席です。それに、月岡さんと酒を呑むのは、ほんま久しぶりでっさかい……」

俊太はボトルを手にすると、キャップシールを取り去り、純白のナプキンを被せ、栓を抜きにかかった。

ぽんと軽やかな音を立てて、コルクが抜けた。

ナプキンを外すと、ボトルの中から朝靄《あさもや》のような柔らかな煙が立ち上る。

俊太は、テーブルの上に置かれた三つのグラスにシャンペンを注ぐと、月岡に視線をやった。

「では、小柴君の新しい航海への門出を祝って……」

グラスを目の高さに上げる間に、月岡は一瞬の間を置くと、「乾杯！」

力の籠もった声を上げた。

小柴君――。

はじめて月岡は俊太をそう呼んだ。

いまこの瞬間、月岡との間を結んでいた舫《もやい》は完全に解かれた。

母港を離れ、船は大海に向けて終わりなき航海に乗り出したのだ。

「ありがとうございます」

俊太は月岡の目を見据え、礼の言葉を述べながらグラスを掲げた。

グラスを通して、壁に掲げられた「天」の字が見える。

黄金色の液体の中に立ち上る、無数の微細な泡が反射して、「天」の文字が神々しい光を放つ。

その残像と共に、俊太はグラスを口に運ぶと、「天」を呑み込んだ。

エピローグ

Epilogue

「次の信号を左に……」

社用車の後部座席に座った俊太は、運転手に命じた。

車窓から見る国道沿いの光景にかつての面影はない。建て替えられた駅の周辺には、商業施設やスーパー、コンビニもある。行き交う人々の服装も、洗練されているとはいえないまでも、違和感を覚えるほどではない。

しかし、車が狭い路地に入った途端、雰囲気が一変した。

両側に密集して立ち並ぶ建物は建て替えられてはいたものの、住宅の中に粗末な造りの飲食店が目立つようになる。それも「立ち呑《の》み」であったり、「定食三百円」であったりと、滅多に目にすることのない文言ばかりが並んでいる。

三階、四階建てのビルもあるが、ほとんどの看板には、「空室あり　テレビ、冷蔵庫つき」とか、「一泊二千五百円」とある。

まだ午後三時になろうというところなのに、道の両側では早くも酒盛りが始まっている。

いや、酒盛りは朝から続いているのだ。なぜなら、ここの住人がありつける仕事は、ほぼ日雇い以外にないからだ。

その日の仕事がなければ、やることは三つしかない。酒を飲むか、博打《ばくち》にふけるか、寝るかのいずれかだ。酔い潰れれば、寝ているうちに時は過ぎる。朝が来れば、仕事にありつける。

もちろん、そんな保証はないのだが、そうとでも考えなければ生きてはいけない。それがドヤなのだ。

ここを訪れる気になった特別な理由はない。

横浜にあるムーンヒルホテルで、地元財界人との会合があり、ふと自分が生まれ育った町がどうなっているのか見てみたいと思っただけだ。

社長になって十四年になる。

ムーンヒルホテルは、順調に事業を拡大し、グループが経営するビジネスホテルは、いまや全国の県庁所在地はもちろん、中規模都市も網羅しようという勢いだ。アジアでの海外事業も、シンガポールに設けた一号店が成功し、すでに八軒を数え、六年前には、再上場も果たした。

中卒、かつ中途入社の社長誕生は、世間の注目を浴び、いまや俊太は立身の人だ。日本を代表する大企業の経営者、政界、官界の人間たちとの付き合いも増えた。何もかもが順風満帆。事業への欲は尽きないが、少なくとも自分の人生において、これ以上望むものは何もないとさえ思えるほどの成功ぶりだ。

だからこそ、恐怖を覚えることがある。

もし、あの時寛司に会わなかったら。月岡に出会わなかったら――。あのドヤの中で、日雇い仕事を日々求め、あぶれれば酒と博打にうつつを抜かし、世間の片隅に埋もれて暮らす人生を送っていたに違いないのだ。

好事魔多し。人生一寸先は闇という言葉が時々脳裏に浮かぶ。絶頂期にある時こそ、足をすくわれるものだし、時に残酷な沙汰を下すのが神である。

寛司との決別は、その好例だ。

兄と慕い、恩人と思っていた寛司との仲を、あんな形で引き裂くとは、いかに神様が気まぐれで、残酷なものか――。

寛司は、ムーンヒルホテルを辞めた二年後、ハミルトンとは別のアメリカ資本のホテルの日本支社長の職に就いた。

それを知らせてきたのは、もちろん寛司ではない。蘆沢である。

兄弟の仲を取り持って以来、蘆沢と俊太は酒を酌み交わす間柄になった。ある日その席で蘆沢が、「麻生さんの職が決まったそうですよ」と告げてきたのだ。

「カンちゃんが？」

「アメリカ資本のホテルにね。それも、日本支社長だそうです」

「そら、よかった……。そうか、カンちゃんが、社長に……」

気にかかっていただけに、俊太は安堵《あんど》のため息を漏らした。

「兄さんも、麻生さんのことは、ずっとひっかかっていましてね」

「月岡さんが？」

「俺も悪かった。ふたりの関係を考えれば、麻生さんがあんな行動に出るのも当たり前の話だ。俺はやりすぎた。どちらかが勝ち残ればいいというものじゃない。麻生さんだって、ムーンヒルホテルには必要、かつ貴重な人材だった。競わせるにしても、どちらも生かす方法を考えるべきだったと……」

「じゃあ、カンちゃんは――」

「兄さんから相談を受けましてね。それで私、ヘッドハンターに麻生さんを推薦したんです。私の会社の取引先はムーンヒルホテルだけではありません。外資のホテルとも付き合いがあるし、ヘッドハンターは常に優秀な人材を探していますので」

「カンちゃん、そのことを知ってはるんですか？」

蘆沢は首を振った。

「伝える必要はないでしょう。推薦はしましたが、採用されるかどうかは、本人のキャリアが認められればこその話です。つまり、麻生さんは認められたわけです」

同業者とはいえ外資系だ。まして、会社を去った経緯が経緯である。寛司との間に生じた溝が埋まったわけではないし、埋めようとも思わないが、それでも、あんな形で決別した悔いだけは、生涯消え去ることはない。

そう思う時、決まって脳裏に浮かぶのは、「テン」、「カンちゃん」と呼び合い、貧しくとも、お互いが兄弟同然に付き合っていたこのドヤでの日々だ。

多分、ここを訪ねる気になったのは、そのせいかもしれないと、俊太はふと思った。

「社長……大丈夫ですかね……。こんなところに入ってしまいましたけど……」

ドヤの光景を目の当たりにするのは、はじめてなのだろう。

運転手が不安げにいう。

「道も狭いですし、酔っ払いが寝てるわ、ふらついているわ……。もしこんなところで事故でも起こしたら……」

俊太は噴き出しそうになった。

かつて、当たり屋稼業を生活の糧にしていた人間を後ろに乗せていることを知ったら、どんなに驚くだろうと思ったからだ。

「大丈夫、心配せんでええ。まっ、そうはいっても、人を轢《ひ》いたら厄介なことになるさかいな、ゆっくり行ったらよろし。それから、気をつけなならんのは、人だけやないで。猫とか、鶏とかもな」

「鶏って……こんなところに、鶏がいるんですか？」

運転手が怪訝《けげん》そうに問い返してきたその時だ。

ふいに右側から飛び出す人影が見えたかと思うと、次の瞬間サイドミラー越しにボンネットの上に身を投げてきた。

ドスンという音に重なって、急ブレーキの音が短く、鋭く鳴った。

当たり屋なんか、まだやっとるやつがいるんや。

次の瞬間、

「痛《いて》え、痛えよう」

と芝居がかった男の声が聞こえてきた。

運転手が、慌ててドアを開けようとするのを、

「君は出んでええ。わしが話をつけるよって」

俊太は制し、窓の外を窺《うかが》った。

見れば、汚れたTシャツに、ジャージ姿の少年である。

まだ十代か。つるつるに剃《そ》り上げた頭をアスファルトの路面につけ、苦悶《くもん》の表情を

浮かべながら、体をくねらせる。

「おい、兄ちゃん。若いうちから、こないな稼業に手を染めたらあかんで。そのうち、警察の厄介になるようになってまうで」

俊太は、窓を開けると苦笑いを浮かべながら声をかけた。

「なんだ、こら！」

想像だにしなかった反応だったのだろう。少年は凄《すさ》まじい目つきで俊太を睨《にら》みつけると、ドスを利かせた声でいい、ゆっくりと立ち上がった。「人を撥《は》ねといて、そのいいぐさはなんだ。立派な人身事故じゃねえか。警察呼ぶか？　目撃者は、ごまんといんだぞ！」

周囲にたむろしていた労働者に目を向ける。

「呼べるもんなら、呼んだらよろし」

「なんだと、ごるらああ！」

まるで、かつての自分を見るようで、俊太はふふふと肩を揺すって笑った。

「何、笑ってんだよ！」

俊太はそれにこたえずに、

「お前、ここの住人か？」

おもむろに問うた。

「そ、それがどうした」

「仕事辞めて、ここで日雇い。汗水たらして小銭を稼ぐより、当たり屋やってあぶく銭を稼ぐ方が手っ取り早い。それで、獲物を探してたんやろ?」

どうやら、いつもと勝手が違うと感じたのだろう。

少年はぐっと言葉に詰まり、俊太を睨みつけるばかりとなる。

黒目の位置のバランスが悪い。中央に寄っているのだ。

なぜか不良は寄り目になることが多いことを俊太は思い出した。

かつて自分もそうであったからだ。

なるほど、人生は何があるか、一寸先は闇いうのはほんまやで。

なんだか、俊太はこの少年を放っておけなくなった。

神様がかつての自分と、引き合わせてくれたような気がしたからだ。

拾われて、お前はここまで来たんだ。今度はお前が拾ってやる番だと……。

俊太はドアを開けると路上に立った。

「お前、相当荒《すさ》んだ暮らしをしとるな」

俊太はいった。

「すさんだ、って……」

「なんや、荒むっていう言葉も知らへんのか。学校は中学で終わりか?」

少年が、恥ずかしそうに目をそらす。

「荒むっちゅうのはな、生活や気持ちが荒れる、捨て鉢になるってことをいうんや。お前の目を見りゃ分かる。不良の黒目は、なんでか分からんが寄るもんやからな」

「この……オヤジ……」

精一杯、声を荒らげてみせる少年だったが、もはや勢いはない。

「お前も、こないな車に乗りたいか？」

「乗れるわきゃねえだろ！　中卒にろくな仕事があるわけじゃなし――」

「わしも中卒や」

「えっ……」

少年は目を丸くして絶句した。

「このドヤに生まれてな。お前と同じことをして日銭を稼いでいた時期があってな」

「う、そ……」

「ほんまや」

少年が愕然《がくぜん》として、口を開ける。その瞳から、人を威圧する光が急速に消えていく。

「ある人に拾われてな……」

俊太はいった。「人の出会いちゅうのは大切なもんでな。お前とこんな形で会《お》うたのも、何かの縁やろ。真っ当な仕事に就きたい思うなら、世話してやるが、どうや？」

「仕事って……どんな？」

「わしは会社の社長や。中卒でもできる仕事はなんぼでもある。『荒んだ』の意味も分からんほどや、勉強もからっきしなんやろが、わしかてそうやった。最初は雑用仕事になるが、それも同じ。そこから這《は》い上がれるかどうかは、お前次第や」

「努力ったって、俺は……勉強できねえし……」

「勉強はできるに越したことはないが、人間の全てを決めるもんやない。誰でも、得手不得手があるもんや。不得手なものを嫌々やる必要はない。得手の部分を伸ばしていけば、必ず道は開ける。わしは、そない思うけどな」

「オヤジ……本当に中卒なのか？　中卒で、運転手つきのベンツに乗れるようになったのか？」

「ほんまや。わしは嘘《うそ》はいわん」

俊太は静かにいいながら、こくりと頷《うなず》くと、「わしの話を聞きたいか？」

少年に問うた。

「うん……」

「長い話になる……。場所を変えて話そうか。わしを拾うてくれはった、ふたりの恩人との話をな……」

俊太は少年の肩にそっと手を置くと、開いたままになっていた車のドアに誘《いざな》った。

〈完〉

※本作品はフィクションであり、作中に登場する人物・団体・事件等はすべて架空のものです。

〔参考文献〕
「ブランド王ロイヤル社長　わが営業の極意　森田 勉」（月刊『WiLL』２０１６年１月新年特大号）

解説

堺憲一

本書の著者である楡周平は、日本を代表する経済小説の書き手の一人である。デビュー作は、1996年に刊行された『Cの福音』。そこに登場した「悪のヒーロー・朝倉恭介」を主人公にした作品はシリーズ化され、楡はベストセラー作家の仲間入りを果たすことに。その後、多くの経済小説を上梓《じょうし》。扱われている業界・業種やテーマも、多岐にわたっている。作品名（業界・業種もしくはテーマ、刊行年）を紹介すると、運輸業界を描いた『再生巨流』（2005年）、『ラストワン マイル』（2006年）、『ドッグファイト』（2016年）の三作をはじめ、『異端の大義』（電機業界、2006年）、『プラチナタウン』（過疎の町の再生、2008年）と続編の『和僑《わきょう》』（2015年）、『ゼフィラム』（次世代自動車、2009年）、『虚空の冠』（メディア、

２０１１年）、『ミッション建国』（少子化対策、２０１４年）、『砂の王宮』（スーパーマーケット、２０１５年）、『国士』（カレー専門店チェーン、２０１７年）、『鉄の楽園』（鉄道、２０１９年）、『食王』（外食産業、２０２０年）など、それぞれの業界・業種・テーマをフォローする際の必読書となりえる傑作ぞろいである。直面する高い壁をアイデア力と行動力で懸命に乗り越えていこうとする主人公たちのバイタリティーとダイナミズムには、いつも圧倒される。そして、新しい発見、見識を深めることの楽しさ、日本の未来を考える機会を与えてくれるのである。「企業や地域の活性化」という今日的な課題を克服し、未来のことを考える人間になってほしい！　そうした著者の思いが読者に伝わってくる作品ばかりだ。

　そのように傑作を書き続けて来た楡が今回用意した舞台は、ホテル業界だ。おもしろくないはずがない！　激しくて、刺戟《しげき》的で、そして、爽快さとともに、哀《かな》しさも感じさせてくれる一冊だ。

　この本は、横浜のドヤ街で育った中卒の主人公・小柴俊太《こしばしゅんた》が、料亭の下足番を経て、一流ホテルに就職し、社長の右腕として実力を発揮するようになるという一大サクセスストーリーだ。そうは言っても、サクセスストーリーにありがちな「スーパーマン」的な人物の立身出世物語ではない。動物の貂《てん》に似ていることで、「テン」という綽名《あだな》を有する俊太。度胸はあるものの、いつも凡人的な悩みを抱え続けている。しかし、人を思いやる気持ちは強く、一歩身を引いて相手と接する謙虚さを持ち合わせている。また、恩義に厚い人物でもある。そもそも、俊太は、出世したいという野心など、一度も抱いたことがない。チャンスを与えてくれた社長の恩に報いたい、喜ぶ顔が見たい、褒められたいという一心で懸命に走り続けただけなのである。頑張りの原動力は、出世欲、名誉、プライドといったものではなく、なによりも感謝の念だったのである！

そんな俊太の立身出世が可能になったのは、三人の人物の存在があればこそである。一人目は、カンちゃんと呼ばれる幼馴染《おさななじみ》の麻生寛司《あそうかんじ》。ムーンヒルホテルに勤務するホテルマンだ。俊太が料亭での仕事に就くことで、ドヤからの脱出を遂げられたのは、偶然再会することとなった彼のおかげである。その後も、兄のように、なにかにつけてくじけがちな俊太を励まし続ける。二人目は、ムーンヒルホテルの社長の御曹司であり、のちに社長として同ホテルを日本最大のホテルチェーンに発展させる月岡光隆《つきおかみつたか》。学歴や経歴を一切信用せず、「実力のある人物」のみを登用。すなわち、信賞必罰を明言し、その通り実行した人物と言える。中卒で、満足に文章さえ書けなかった俊太であったが、彼の度胸と才覚を見込んで、次から次へと抜擢《ばってき》していったのは、そうした経営哲学があったからだ。三人目は、中学校を卒業してすぐに月岡家の女中となり、のちに俊太の妻となる澤井文枝《さわいふみえ》。いろいろな局面で、さりげなく発した彼女の言葉が俊太の企画作りのヒントになったのである。

この本の最大の魅力は、言うまでもなく、ストーリー自体のおもしろさにほかならない。

とりわけ、ムーンヒルホテルに入社した俊太が、未払金の回収、夏にホテルの空き室が急増するという「夏枯れ」問題の解消、結婚式場事業への進出、球団経営への参入といった難題を次々と解決し、異例の出世を果たしていく過程には驚かされる。そして、ある人物の裏切りで、同ホテルが上場廃止や乗っ取りの危機に直面することになっていくという展開は手に汗握る場面の連続なのである。

それ以上のあらすじ紹介は控えることにして、ここでは、どのような特色がさらにあるのかについて解説しておきたい。全編を通して読む人に訴えてくるものとして、以下の五点が挙げられる。

一番目は、戦後における時代の流れ・変化を楽しめること。なかでも、リアルに体験してきた人にとっては、自らの生きざまを回顧したり、記憶や想《おも》い出に思いを馳《は》せたりしながら、現在の到達点をいま一度確認できる機会となるだろう。「ポマードでしっかり整え、オールバックにした頭髪」。「初めてのフォークとナイフの食事」。「初めて寝るふかふかのベッド」。「日本人が海外旅行って……そんな時代がほんまに来るんやろか」。「金の卵」と持てはやされ、集団就職の隊列に加わったものの、夜逃げ同然に姿を消してしまった多くの中卒者たち……。それらは、戦後史の諸断面を彩る「光景」であり、「匂い」であり、「懐《おも》い」なのだ。

二番目は、高度成長期に日本のホテル業界が経験した大きな変化と、最前線でそのプロセスに身を投じたホテルマンたちの苦労と喜びを満喫できること。かつてのホテルは、端的に言えば、単なる宿泊施設であった。しかし、作中に登場する巨大なプールを併設した湘南《しょうなん》のホテルやスキー場を兼ねた新潟のホテルは、そうした従来の業界の概念を大きく変えるものとなった。それらは、滞在しながら「余暇・休日」を楽しむものへと変化するという形で、新しいホテルの活用方法を世に認知させる契機となったからである。それだけではない。以前は、結婚式というと、自宅か料理店でやるのが普通だった。ところが、いまではホテルで貸衣装を借りたうえで結婚式を挙げるのがポピュラーなものになっている。しかも、結婚式や宴会は、ホテルの安定的な収益源でもあるのだ。ムーンヒルホテルが率先して作り出した、そうした新たな試みが、どういった脈絡の中で提案され、実施され、定着していったのかを知るなかで、読者はホテル業界の大きな変化を疑似体験できるのだ。

三番目は、仕事のノウハウ（＝仕事の原点）を学ぶことができること。作品中に登場するセリフを二、三紹介すると、「石の上にも三年だ。どうしたら、もっと仕事の効率が上がるか。人に喜んでもらえるか。銭金、損得抜きで考えてみろ。見ている人は必ずいる。絶対に道は開けるから」。「何をすべきか、何ができるか、常に考えている。これができそうで、できない常人ばかりというのが世の中だからね」。「できない理由を挙げるより、どうやったらできるようになるか、そこに知恵をしぼるのが当たり前」。いずれも、どの時代でもどの業界でも通じる根本的なノウハウにほかならない。したがってまた、これからの日本企業の発展にとっては非常に重要な要素でもあるのだ。

さらに、日本企業の将来を危うくさせる要素についても言及されている。「出る杭《くい》は打たれる」という横並び、前例主義、年功序列、学歴主義など、日本企業の労働者が持っているネガティブな側面とその弊害について強調されているのだ。そうした日本企業の「常識」とは相いれない感覚でチャレンジし続けた俊太。たとえ大きな成果を上げたとしても、中卒であるという理由だけで、いつも「異物」と見なされ続けてきたことからくるその苦難はいかほどのものだったのか！　実力ある者の実力をきちんと認めたうえで、それを学んでいくという姿勢こそが、イノベーションの源泉となり、グローバル社会で生き残っていくためには不可欠な条件なのである。

四番目に、「嫉妬」という形であらわれる、人間の哀しい本性の一端をクリアに提示していること。自分よりも「下」にいる者には、どこまでも優しい兄貴分として接することができる。ところが、その者が異例の出世をし、自分の存在を脅かすようになると、「嫉妬・妬み」という感情が生じてくる。そして、その感情がさらに高められると、今度は「裏切り」へと変化していく。そうした心の変化が見事に浮き彫りにされていくのだ。もっとも、その人物の「裏切り」自体は本書のストーリー展開に一層のおもしろさを演出するものであり、さらに言えば、時の流れとは、個々人のそうした心の闇も織り込み済みで動いていくものなのであるが……。

五番目は、プロローグとエピローグを除いた九つの章の全タイトルに「テン」という漢字が当てられていることである。具体的には、「貂」（哺乳綱食肉目イタチ科の動物。）から始まり、「転」（転がる。転げる。転ぶ。）、「典」（儀式。礼式。しきたり。）、「展」（進む。伸びる。広げる。）、「電」（稲妻のように速い。）、「澱」（澱《よど》む。物事の進行が滞る。）、「玷」（過ちを犯す。欠点。）、「忝」（地位や名誉を傷つける。）と続き、最後が「天」（最も高いところ。頂き。）で終わっている。物語の進捗を如実に伝えるための一工夫であるとともに、著者の粋な計らいであり、「遊びごころ」を感じざるを得ない。

最後のページを読み終えたとき、あなたの心の中に「戦後史という時の流れ」「人間の本性」「生きていることの喜びや哀しみ」をすべて包み込んだ、さわやかな風が吹き込むことになるだろう。

（さかい・けんいち／東京経済大学名誉教授）

小学館新書
好評既刊

未来のカタチ
新しい日本と日本人の選択

楡 周平

ISBN978-4-09-825379-1

少子化が叫ばれて久しい。危機を認識しながら問題解決を先送りしてきた政治家や官僚たちにはもはや何も期待できない。そこで企業・ビジネス小説の第一人者である楡周平氏が提言する打開策が、「ネスティング・ボックス」構想である。子育て世代に限定した、医療・保育・教育施設を併設するタワーマンションのコミュニティを造り、一番下の子の義務教育が終了するまで無料で住めるようにする、というもの。二人目、三人目が生まれれば長く住めるし、住宅資金も貯めやすくするのだ。

ウィズ・コロナ時代のビジネス・ヒント も満載！これからの日本人に価値観の転換を促す警世の書。

本書のプロフィール

本書は、二〇一八年九月に小社より刊行された同名の単行本を加筆・改稿し、文庫化したものです。

小学館文庫

TEN《テン》 下

著者 楡《にれ》 周平《しゅうへい》

二〇二一年二月一〇日　初版第一刷発行

発行人　飯田昌宏
発行所　株式会社 小学館
〒一〇一-八〇〇一
東京都千代田区一ツ橋二-三-一
電話　編集〇三-三二三〇-五七六六
　　　販売〇三-五二八一-三五五五
印刷所　　凸版印刷株式会社

この文庫の詳しい内容はインターネットで24時間ご覧になれます。
小学館公式ホームページ　https://www.shogakukan.co.jp

ISBN978-4-09-406880-1